關川夏央
谷口治郎
劉惠菁 譯

『少爺』的時代 第五卷

悶悶不樂的漱石

在凜冽的近代中，活得多采多姿的明治人

悶悶不樂的漱石

「少爺」的時代　第五卷

目次

第一章 下雨

咕嘔……
又想打嗝了!!
……
嗚──
一直……覺得噁心。
吱吱
嘎啦
嘎啦──
嘎啦
還沒到嗎……
咔答
咔答

雨下個不停，

嘎啦
嘎啦
嘎啦
雨勢真大……
喀噠
喀噠
渡月橋
嘩啦！

真不曉得幹嘛大老遠跑來這裡療養？
轟隆
轟隆
轟隆——

明治四十三年八月六日
伊豆修善寺　菊屋旅館
……
泛酸水了……
咕嘔

1. 松根東洋城（まつね とうようじょう）：俳句作家，宮內省職員，本名松根豐次郎，漱石任教於松山尋常中學時的學生。本書注釋皆為譯注。

喂——
老闆在嗎？
我……
反正都在這裡坐了一晚啦。
北白川宮大人的隨從，
宮內省的松根！
這是什麼人生啊，
胃老是泛酸水，
要住宿竟然沒有房間，松根伺候皇族弄得心浮氣躁，

咚！

……八成是低氣壓害的吧，

整個人都不舒坦，

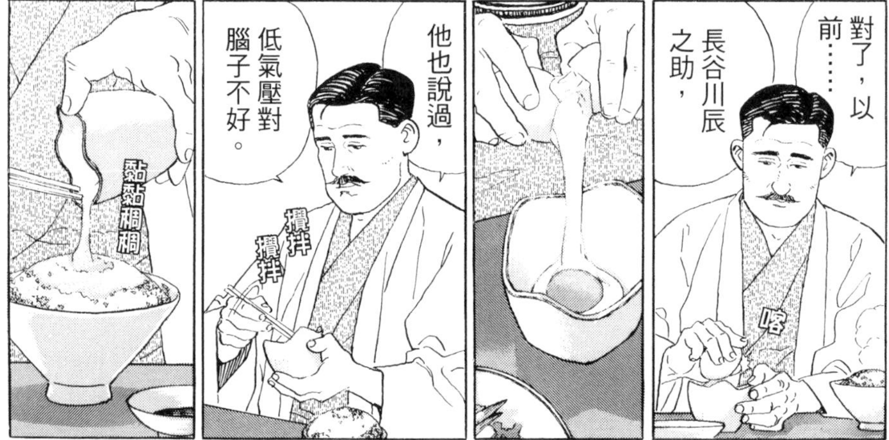

看來對胃也不好……
咕嘔
嗚——
好難受啊，
呼嚕
大吃
大嚼
唉呀，
您全吃光了……
呼……

2. 這首歌是發表於明治35年的〈美麗的大自然〉（美しき天然），由田中穗積作曲、武島羽衣作詞。

大家都來
聽吧～～
多麼有
意思啊～～
我倒覺得，
您的眼神
比較嚇人。
……
叮咚叮
叮咚叮
此乃天然的
音樂～
嗚嗚——
自由地
彈奏吧
造物主高貴的
雙手～
叮咚叮
叮咚叮

有個叫作長谷川的人，
喔，是

叮咚叮
叮咚叮

他的別號是二葉亭……

這樣啊……
他是古今亭、三遊亭的親戚嗎？
他常跟我說，腦子狀況不太好。

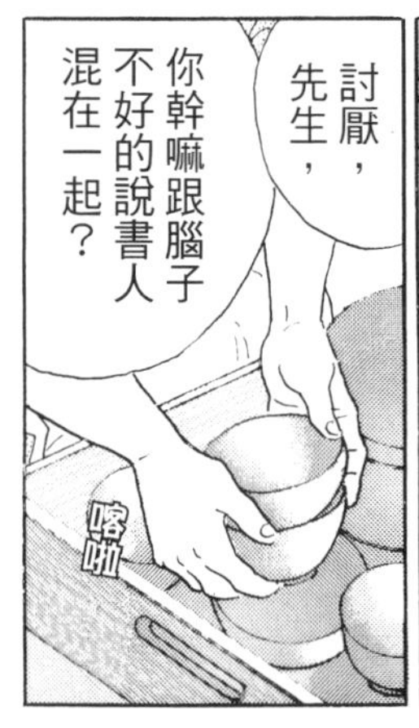
討厭，先生，
你幹嘛跟腦子不好的說書人混在一起？
喀啦

大家都來聽吧～～多麼有意思啊～～
叮咚叮
叮咚叮
叮咚叮
此乃天然的音樂～～

大家都來聽吧～～
多麼有意思啊～～
此乃天然的音樂～～

大家都來聽吧~~
多麼有意思啊~~
叮咚叮咚
叮咚叮
啊，
叮咚叮
隔壁真熱鬧……
叮咚叮咚
還用筷子敲碗唱歌。
是東京深川的工廠啦，
做橡膠靴子的，聽說很賺錢呢！
……
剛才您說的那個說書人，後來怎麼了？
去年過世了，
在印度洋上……
大家都來聽吧~~
多麼有意思啊~~
是嗎？
噹
原來印度人也會聽落語跟說書？
嘿！
還有一個叫幸德的。

那個人長得跟二葉亭倒有點像，
這麼一想，其實倒也還好……
啊，雨勢變大了。

先生，您瞧瞧，
好多山百合開花了……

此乃天然的音樂～～

自由地彈奏吧～～

叮
叮
噹
噹
大家都來聽吧~~
多麼有意思啊~~
唰
躂躂
躂躂
砰
給我放規矩一點!!
?!

3. 奧坦欽‧巴列奧略：原作君士坦丁‧巴列奧略，是東羅馬帝國最後一個皇帝，故意將君士坦丁念成奧坦欽，是漱石以江戶方言「糊塗蟲」（オタンチン）之意加以譏刺，原出自《我是貓》。

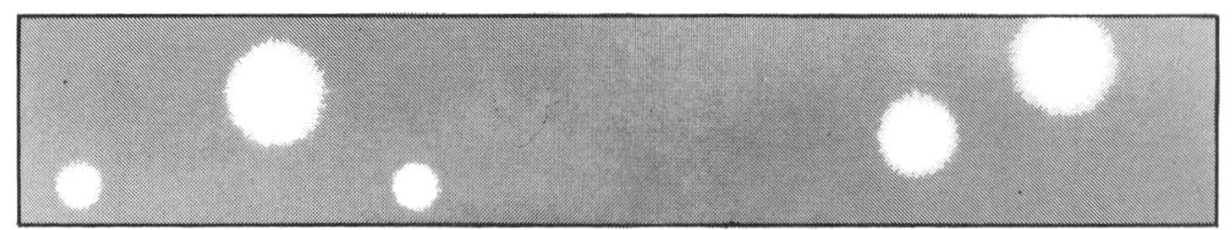

吱嘎
吱嘎
吱嘎

喵～～～

咦？

……是你啊。

竟然跑到這裡來了……

啃咬

噫

咚

哼，
沒良心的貓兒!!

警視廳的走狗在鬼吼鬼叫唱歌，
我養的貓也忘恩負義……
這世界真是一片黑暗……
在黑暗的世界裡～～
綻放的白色百合花～～

咕嘟
嘩啦
咻

咕嘟

哇啊！

差點要淹死了！

嘩！

第二章 臍下三寸

透過蚊帳……

嗚嗚～

真是的，泛酸水了，

胃酸讓我好難受……

透過蚊帳望寒山，杉木林立……？
不太像夏天的詩句呢。
怎麼說呢？
這氣氛實在教人心寒。
嗝呃……
明治四十三年夏天，漱石滿四十三歲了。
腸胃還是老樣子嗎？
是啊，胃酸過多……
整個胃袋都快溶化了，
患病的胃冒起酸水……
乾脆把這臍下三寸全部割掉，扔給野狗吃算了。
您千萬別這麼說，
多多休養吧！
秋之雨

照舊曆來算，
已經是秋天了。
八月十二日星期五——漱石在七月底從內幸町的長與腸胃醫院出院，在醫師的許可下，到伊豆修善寺溫泉的菊屋旅館療養，現在過了一週——
外頭一直下著立秋的傾盆大雨。

您胃酸過多，怎麼還吃那麼多？
今早吃了生雞蛋和三大碗飯，把女傭嚇了一跳……
有報紙啊……
這張……
我瞧瞧……

您別轉移話題。
搞什麼……
這是四天前的報紙。
下著大雨，報紙無法準時送達。
咦……
東京市內捕獲三十餘名扒手
裁縫屋銀次等罪犯全數被捕
裁縫屋銀次本名富田銀三，沒收贓物多達三輛人力車、兩臺馬車
裁縫屋銀次……
我以前就聽說，警察找了些扒手當眼線……
以前和您同時在倫敦留學的伊集院影韶警視正，
啊、不，前幾天的官報刊出他升任警視長的消息，
那些扒手全是幫他蒐集情報的走狗嗎……
伊集院警視長……

我以前就跟那傢伙不對盤……

六月時，
幸德他們不是被抓了嗎……
秋水先生嗎？

這個案子真是莫名其妙，

可是到了七、八月，案子擴大偵辦，
連熊本的那群青年跟紀州的醫生也要抓……
您知道得真清楚。

一開始，
檢察總長的發言還說，不過是四、五個人的陰謀。

我住院時也會看報紙，
東京朝日的石川不知道為什麼很感興趣，
他來探病時，還不停跟我討論案情。
石川……
寫短歌的啄木嗎？
他在替過世的二葉亭校訂全集，做得很好。
話又說回來……
搞不懂伊集院這傢伙，
銀次他們用完就丟，扒手被一網打盡，
這就罷了……
雖然不怎麼樣……
只是……今後的日本，到底會何去何從呢……

著眼於工業，提昇國力要來跟列強抗衡……

工會主義和社會主義，才是肚子裡頭的益菌啊……

嘩啦嘩啦

愈是有能力的官僚，愈應當明白這一點才對……

1. 柳原白蓮（やなぎわら びゃくれん）：本名為燁子，父親為柳原前光伯爵，大正、昭和時代知名的女性歌人。

伊豆下著大雨。
嘩啦嘩啦
原來如此，所以宇宙不只一個嗎……
人死後，還會展開另一段人生……
拉扯
呃……
好難受啊。
滾倒
好痛，

2. 亨利．詹姆斯（Henry James）：美國19世紀寫實主義文學的代表作家，出生於美國，後來定居英國並成為英國公民。
3. 威廉．詹姆斯（William James）：美國哲學家與實驗心理學的先驅，著作橫跨哲學、心理學等多種領域，《多元的宇宙》（A Pluralistic Universe）一書發表於1909年。

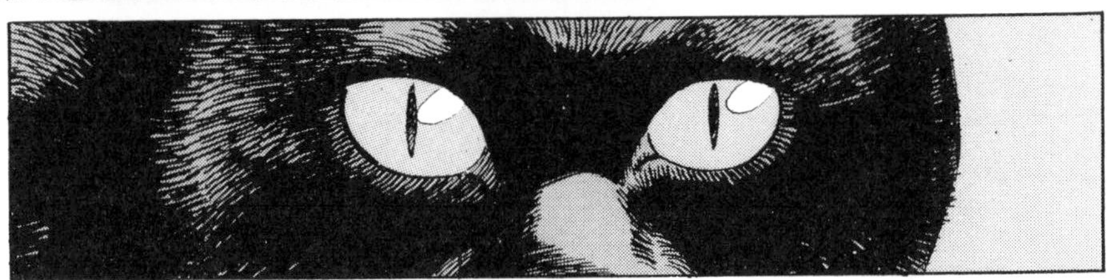

嗯……

咦？

又是你……

快過來，

得幫你取個名字才行……
……取什麼好？還真難……

對了，我可是替你寫過墓誌銘，
「黃土之下，再無閃電的午後」
怎麼樣？
寫得挺不錯吧？
嗅嗅
才不要什麼碑文，
金之助，快幫我取名字。
咚！

4. 大塚楠緒子（おおつか くすおこ）：活躍於明治末年的女性歌人、作家，東京控訴院院長大塚正男的長女，招贅結婚的丈夫大塚保治是美學家，也是夏目漱石的友人。

夏目先生，電話通了！
先生！
嗯……
東京那邊總算有人接電話啦！
麻煩您實在不好意思，
我要找夏目家，
啊？
我說……替我跟夏目家的人說，
可惡，
根本就聽不清楚。
幫忙叫夏目家的人來聽電話！
夏目！
他們家有個胖胖的太太吧？

東京牛込弁天町
什麼？
……有個胖胖的……
太太……
胖胖的太太……是說我嗎？
……胖胖的，
我嗎……
不是要找妳，
我打給早稻田南町的夏目太太，
妳是住在對面弁天町的山田太太吧？
弁天町……
……沒錯吧？
這裡連弁天町也淹水了，大家都亂成一團，
唉……掌櫃的也不曉得該怎麼辦呢。

不好意思，
請投宿在那邊的夏目金之助聽電話。
真沒辦法……
妳替我轉告夏目家的人，修善寺這邊不用擔心。
……真沒辦法，
總之幫我轉告夏目先生，東京雖然淹大水，房子倒還沒事，請放心，
……啊，對、對，
朝日新聞的石川先生，昨天來過……
嘩啦
嘩啦

嘩啦
嘩啦
嘩啦
石川先生真是個怪人……
淹大水了，他特別有精神……
怪人……有精神……
……真要命，
到底在說什麼？
總之！
跟胖胖的太太說，不用擔心，
好痛，
嗚
幫我轉告一下！

電話根本不管用。
喀噠！
漱石跟鏡子夫人的通話，像打謎語一樣草草結束。
那女人根本幫不上忙，
到底是哪來的……？
嗝，
吱嘎
吱嘎
咕嘔……

嗚——
噁——
咕嘔——
噗
呃——
八月十三日星期六那天，漱石嘔出了將近一升的膽汁和胃酸。

第三章 幽明混沌

呼呼！

怪了，
那是……

獨步和蘆花……

不對……
獨步前年就過世了……難道他還活著？

嘩嘩

啊……

正岡！

可是，他……
怎麼跟平塚明子走在一起？

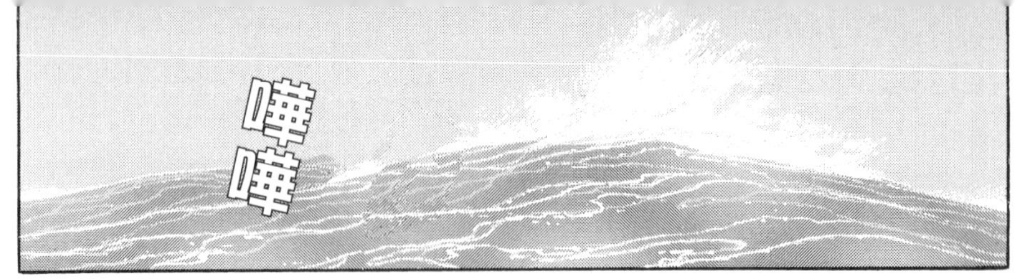
嘩嘩

他是……赫恩吧？

那位外國女人……又是誰？
……不認識她。

轟隆轟隆……
嘩啦

東京已經……
轟隆
轟隆
轟隆
成了水鄉澤國嗎……
森田草平。
啊，
是草平……
他旁邊是……

一葉……

小時候……我聽說雙方父母談好親事，要我和她訂下終身……

她長成這樣的女人了嗎……

轟隆 轟隆一

咕嘟 咕嘟……
啊，歷史也……
沉入水底了……

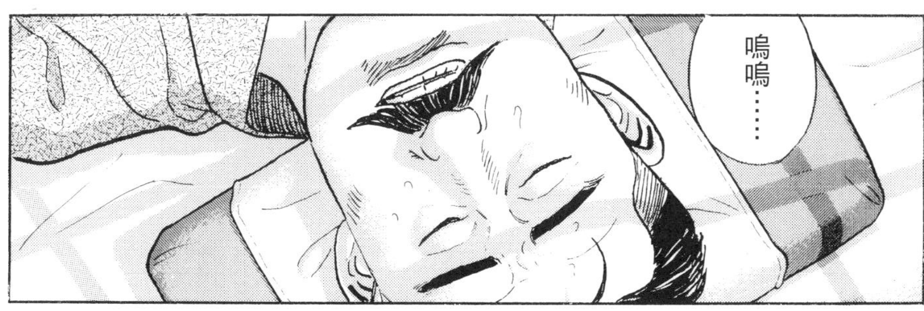
嗚嗚……

嘩啦嘩啦
轟隆
轟隆隆

……沉到水底去了……

「終夜聆聽豪雨聲，
山聲、樹聲、雨聲，震撼耳目，
至三時許仍無法入眠，半睡中夢見死者，
可謂是生死冥合，幽明混沌，
天明，醒來，反覆淺眠，只覺胃部不安。」

老師，
老師！您沒事吧？
漱石老師！
……
……胃很痛嗎？
……
今早總算收到前天的報紙了，
東京墨東三區的下谷、淺草那邊，淹成一片泥海。
我想要……回東京……
是啊，
我也認為回到長與醫院治療，是最好不過的……

可是，現在交通中斷……
……
那裡有隻貓……
啊？
貓？
……
哼……牠在取笑我，
區區一隻貓兒，竟然敢揶揄人類？
老師……
嗚嗚，好酸……
坐起
……！

咕嘔
哇——
嗚嘔——
沙沙沙

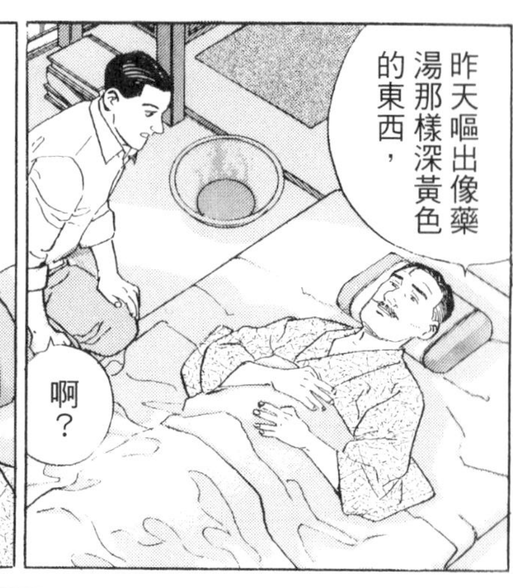
昨天嘔出像藥湯那樣深黃色的東西，
啊？

今天變成青綠色，還挺好看的。

……
……
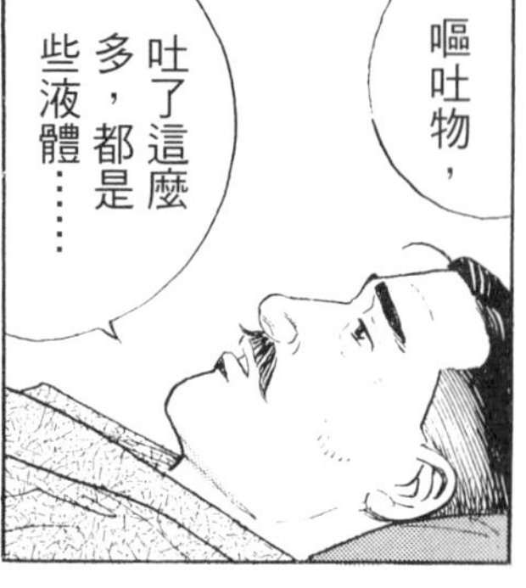
嘔吐物，
吐了這麼多，都是些液體……

我想還是先聯繫胃腸醫院那邊吧？
沼津的朝日新聞分局有電話可以用……

下的是水，淹的也是水，
吐的也是水，
明治四十三年，真是水難之夏啊……

嗚——
這場大雨還真能下……

1. 清水次郎長（しみずのじろちょう）：出身於靜岡縣，本名山本長五郎，活躍於幕末和明治時代的黑幫豪俠，後來創辦「靜隆社」投身海運事業並推動英語教育，病逝於明治 26 (1893) 年。
2. 浪曲和講談故事中經常出現的「石松」是清水次郎長手下的俠客，個性粗豪不拘小節、好酒仗義，活躍於幕府末年。

真想回家……

咻

今天的浪花節[3]到此告一段落，

桃中軒雲右衛門[4]

3. 浪花節（なにわぶし）又稱為浪曲（ろうきょく），日本民間說唱藝術，表演方式為一個人說唱，並以三味線伴奏。
4. 桃中軒雲右衛門（とうちゅうけん くもえもん）：本名山本幸藏，活躍於明治、大正時代的浪曲師，有「浪聖」之稱。

5. 天田愚庵（あまだ ぐあん）：本名天田五郎，幕末明治時代的武士、歌人，曾投靠清水次郎長，後剃度為僧。
6. 三代目神田伯山（かんだ はくざん）：本名岸田福松（きしだ ふくまつ），東京人，繼承神田伯山的名號，是表演說書的講釋師，擅長「清水次郎長傳」等豪俠故事。

7. 豆州即靜岡縣的伊豆半島一帶。
8. 今天的靜岡縣三島市。

9. 宮崎滔天（みやざき とうてん）：支持辛亥革命的日本人，曾將孫文的《倫敦蒙難記》譯為日文並加入同盟會，也是浪曲師，後來拜桃中軒雲右衛門為師。
10. 廣澤虎造（ひろさわ とらぞう）：本名山田信一，活躍於昭和時代的浪曲師、電影演員。

說到留洋歸國的學士，
那位夏目漱石先生，更是舉世少見的……

咕嘔

嗚嗚——

唉呀，
有人急病，

虎造！
在！

快扶客人回房。

沼津　東京朝日新聞社分局
吐出來的東西夾雜血跡，
出血了、
有血！
這裡的醫生也相當憂心，
務必請胃腸醫院的森成醫生來一趟！
你在胡說什麼？老師現在生命垂危啦！
病危!!

「八月十六日，痛苦不堪，一個字也寫不出來。」

第四章 立秋小康

1. 坂元雪鳥（さかもと せっちょう）：本名坂元三郎，國文學者及能樂評論家，漱石的學生，東京帝大文科畢業後任職東京朝日新聞社。

坂元啊……
我還要吃。
我想差不多了……
對吧？森成醫師。
今天我覺得精神還不錯。
那再給您一匙……
喀喀
……
真好吃……
老師真是愛吃甜食。
坂元雪鳥是漱石任教於熊本五高時的學生。

坂元在明治四十年春天，為了促成漱石到東京朝日就職而四處奔走，他在明治四十三年辭去朝日的工作，
到獨逸協會中學校任職，朝日的主筆池邊三山接到漱石病倒的消息，便請他陪同森成醫生儘速趕往修善寺照料。

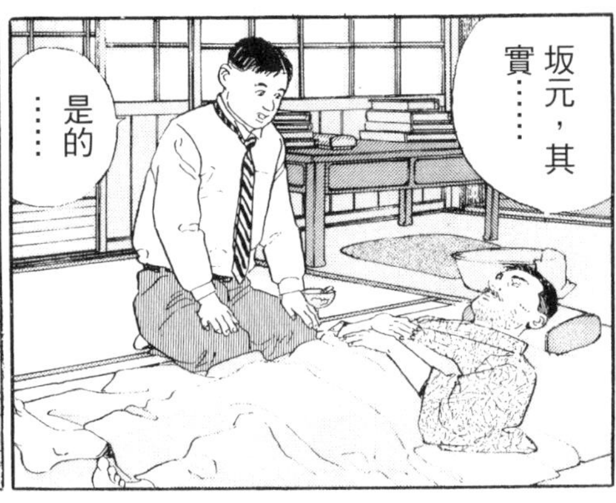
坂元，其實……
是的……

我本來要跟一葉小姐成親。

咦……
一葉……您說的是樋口夏子嗎？

她和我的父親那時都是東京府廳的同事，
我家是四兄弟，樋口家則是兩姊妹……

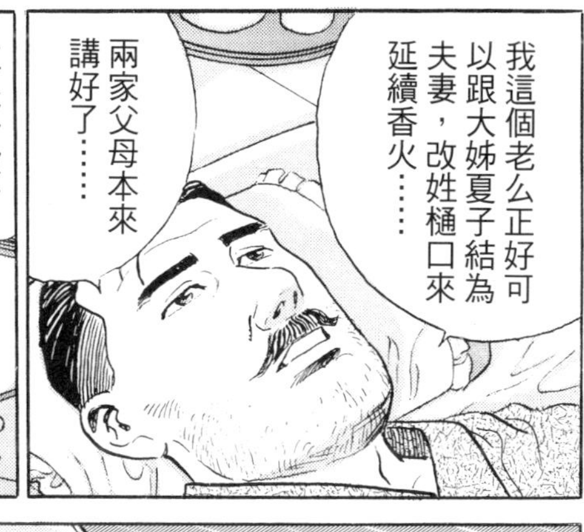
我這個老么正好可以跟大姊夏子結為夫妻，改姓樋口來延續香火……
兩家父母本來講好了……

真是一段奇緣呢。
……往事茫茫啊……

坂元，再給我一匙好嗎？

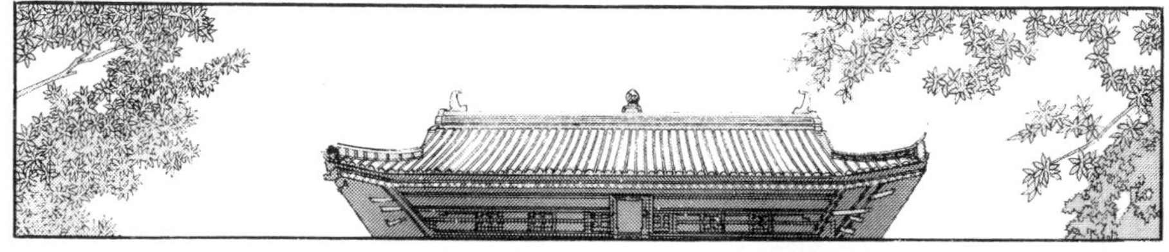

近代的自我意識讓青年期的漱石深陷苦惱，造成強迫性的神經衰弱症。

算命的對漱石說：「你的命運就是一路往西」。

明治二十八年，他放棄東京高等師範的講師職位，找了一個伊予松山尋常中學的教職。

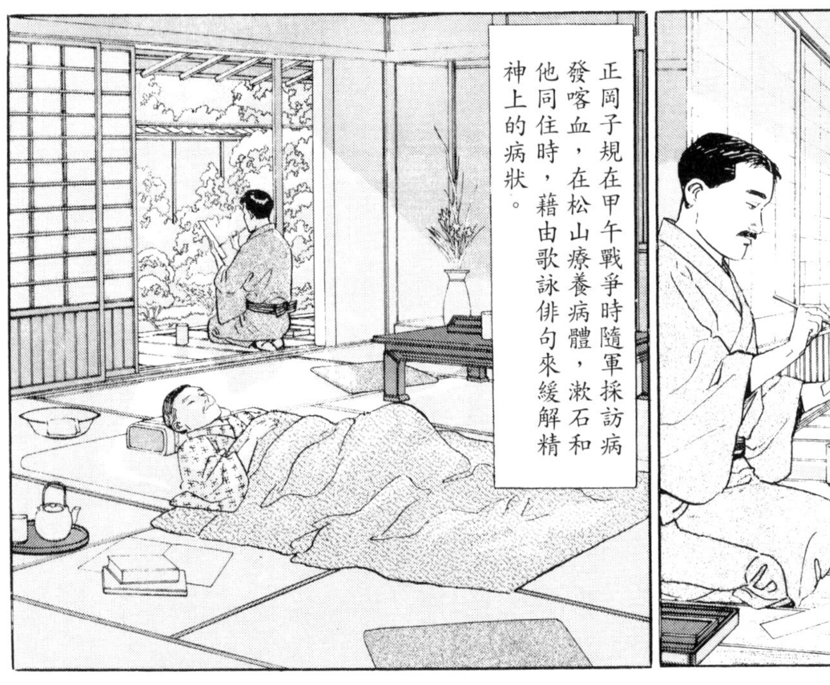
正岡子規在甲午戰爭時隨軍採訪病發喀血，在松山療養病體，漱石和他同住時，藉由歌詠俳句來緩解精神上的病狀。

然而，漱石明治三十五年留學英國時，強迫性精神衰弱再次復發，而且一天比一天嚴重。
回國後，漱石依然為此所苦。
他用撰寫小說《我是貓》、《少爺》、《草枕》，來和病情搏鬥。

明治四十年春天，
漱石辭去東大和一高的教職，進入東京朝日新聞社，他覺得「肺臟終於吸進前所未有的大量空氣」，精神上的煩悶頓時煙消雲散了。
可是……寫作的壓力讓他開始胃痛，
呃，
好痛！
吃點果醬……
會好些……

漱石生性嗜吃甜食又不肯節制，曾一口氣吃完整瓶果醬。
痛啊，
甚至還得了糖尿病。
診斷出胃潰瘍之後，漱石去內幸町的長與胃腸專科醫院住院。
明治四十三年六月十六日，他剛剛寫完《門》這部反映胃痛的沉重作品。
剝下
吃一點…

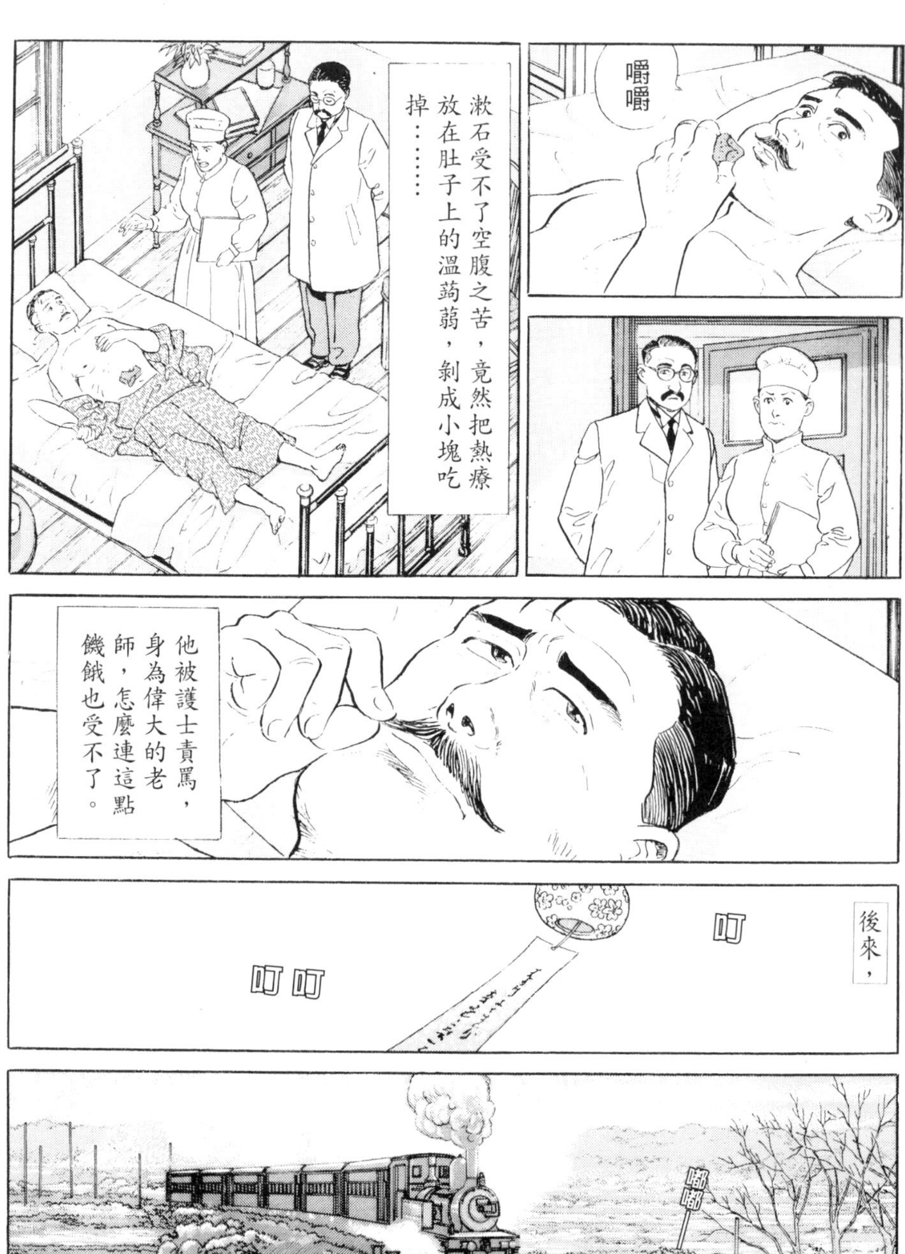

嚼嚼
漱石受不了空腹之苦，竟然把熱療放在肚子上的溫蒟蒻，剝成小塊吃掉……
他被護士責罵，身為偉大的老師，怎麼連這點饑餓也受不了。
後來，
叮
叮叮
嘟嘟

醫生勸他移地療養，於是來到修善寺溫泉，
轟隆
轟隆
轟隆

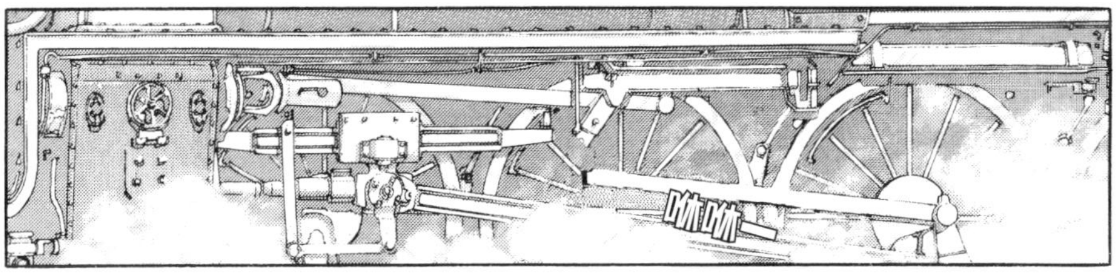
咻咻—

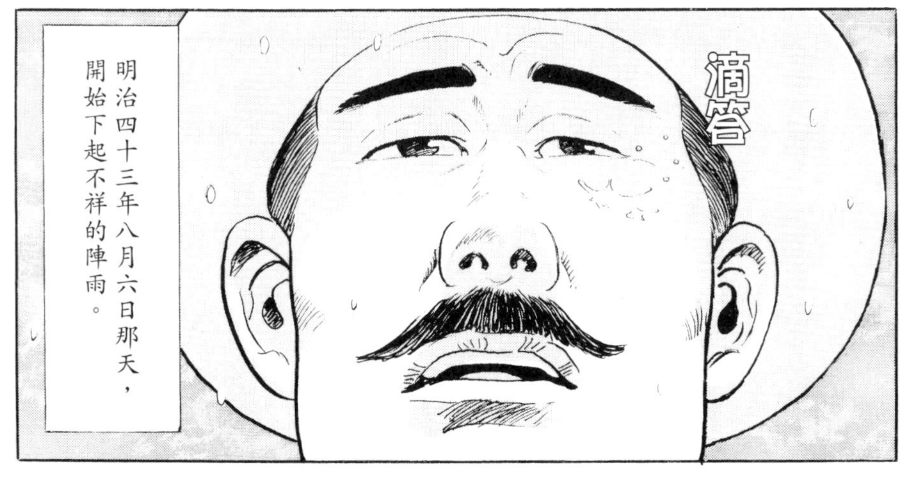
滴答
明治四十三年八月六日那天，開始下起不祥的陣雨。

……嘔出來
的酸水，顏
色改變了？

剛開始是像煎藥
那樣的黃黑色，
然後變成鮮豔的
青綠色，

在兩天前
又……
我剛剛看過了，
液體顏色烏黑，
和熊膽汁沒
有兩樣。

森成醫
生……
那個……
是血嗎？
……
……
是的，

胃裡有某個地
方出血了。

胃的情況不好，
來這裡沒多久，一頓飯就吃了三碗飯還配生雞蛋。
創作的辛苦，是我們這些門外漢無法領會的。

您的意思是……？

西洋的精神醫學已經證實，精神上的重擔會讓人無意識地大吃大喝，尋求發洩管道。

我看還是把先生帶回東京住院吧……
這是上策……

而且是必須的，
只是……

以目前的狀態……
還沒辦法應付回東京的旅途。
……
……

北白川殿下讀了《我是貓》就想親近漱石老師，聽聽他講課……
我想不太可能了。
這個嘛……
松根兄，
老師的錢還夠用嗎？
目前倒還不用擔心，但時間一久……
站起
我來打個電報給朝日新聞的會計！
順便讓報社安排一下，請夫人趕緊過來。
沒錯……
一定要把太太請來。

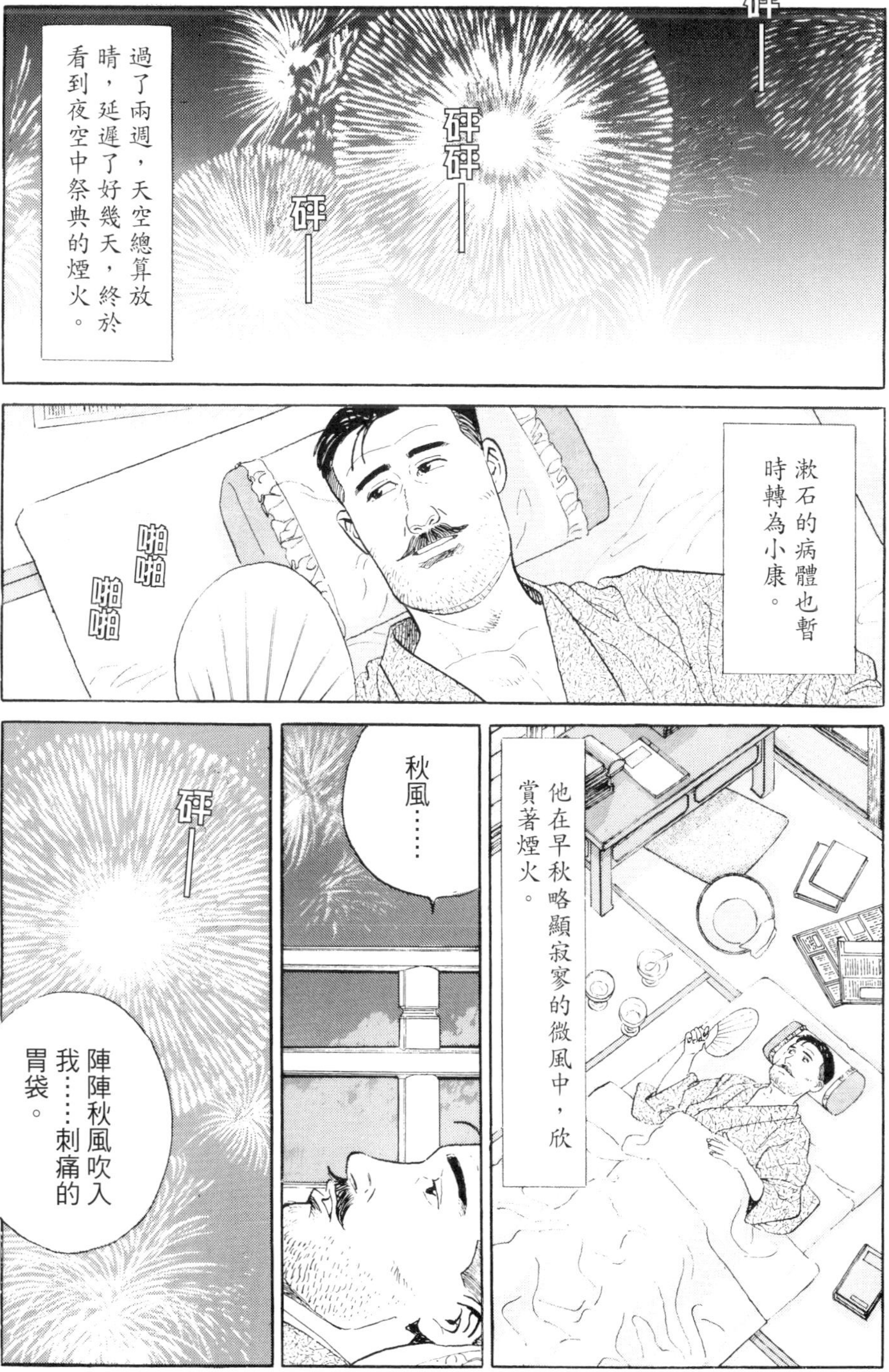

他在早秋略顯寂寥的微風中，欣賞著煙火。

秋風……

砰——

陣陣秋風吹入我……刺痛的胃袋。

夏目漱石的病況
明治四十三年八月二十日——東京
關於目前在伊豆修善寺菊屋旅館進行療養的本社社員，
夏目漱石的病況……
由於重病的傳聞，敝社自八月十八日以來收到大量的詢問……
這天，為了校對二葉亭全集第二卷，東京朝日新聞社的石川啄木，到團子坂的觀潮樓拜訪森鷗外，借閱屠格涅夫的小說《煙》的英譯本。

謹慎起見，長與腸胃醫院的森成醫生特地趕往探視，
昨日深夜傳來回覆：「漱石先生的胃部有數次少量出血，

但病情暫無太大變化，不需擔憂。」……

嗯……

看來沒有想像中那麼嚴重。
暫時可以放心。

請問，有人在嗎？
打擾了！我是夏目家的人。
同日晚間，夏目鏡子夫人趕到伊豆修善寺的菊屋旅館了。

第五章

聆聽秋風

風流人未死，
病裡領清閒……
接著……
日日山中事……
日日山中事。
日日山中事，
朝朝望碧山……
真是一首好詩啊！

這場雨……看來還有得下，

可惜煙雨紛紛，看不見碧山。

世間不盡如人意，花兒也……

今早，您看起來氣色不錯呢。

還是不舒服，

但沒那麼糟了。

老師好久沒寫漢詩了。
是嗎？
詩作得不好，又愛寫，
心情倒是舒暢多了，

然而，我更懷念之前寫小說轉換心情的日子。

寫《我是貓》和《少爺》那時候，
……對吧？

逝者如斯夫，不舍晝夜……
我真的老啦……

老師……我必須向您告辭了。

……
北白川宮要回東京了？
嗯……而且家鄉的老母，身體似乎不太好。

那要回松山嗎？
是……
陪殿下回東京後，我就趕回家。
松山啊……
……要回松山了嗎？

所以，老師……

老師！

啊……

嗯……

1. 正岡子規的本名是正岡升。

森成醫生，
你未免太不近人情了吧？

不、不是這樣……
因為……

我是說，漱石先生現在病情比較穩定了，
東京那邊的患者也需要照顧。

您擔心醫院裡的病患，那夏目他就不用操心了嗎？
我不是這個意思……

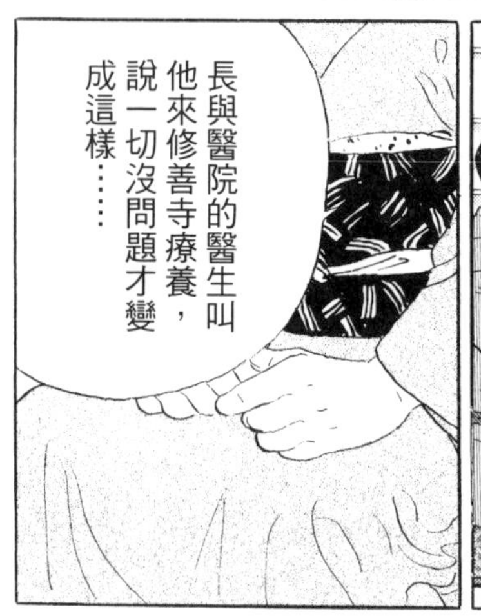
長與醫院的醫生叫他來修善寺療養，說一切沒問題才變成這樣……

不，都是醫生下令要我先生到外地療養，
才會大老遠跑來箱根這地方的，

您現在突然說要一個人先回東京，
這樣太不負責任了吧？

森成醫生是要見死不救嗎？
我怎麼會這麼做呢……

只是先用病情小康的這段時間，回去處理事務……

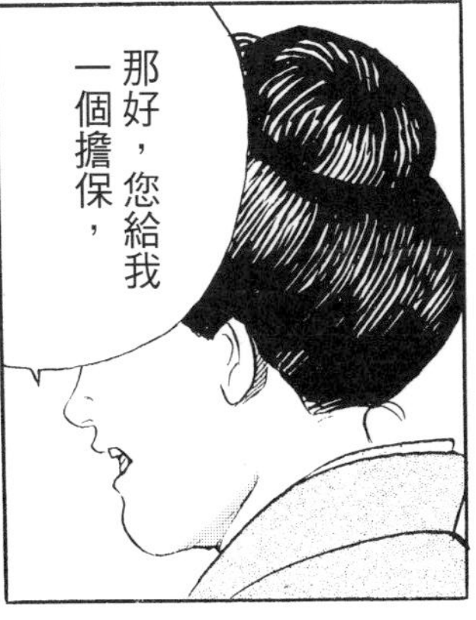
那好，您給我一個擔保，

請您親筆畫押，保證絕對不會有問題。
我怎麼敢說絕對……

那就請您留在這裡！
……啊？

不敢擔保絕對沒事，那就請您留下來吧！

您有義務留下來照顧病人，不是嗎？
……這個嘛……

您願意留下來吧？

這，可是，
該怎麼跟醫院說呢……

我請旅館幫忙打電話，
直接替您跟醫院院長說明。

這……

我明白了，
我這就去聯絡。

鏡子夫人這番強硬的交涉，最後救了漱石一命。
咦？
……是院長親口交待的嗎？
唉，那就這麼辦吧。
什麼？杉本副院長二十四日要來修善寺？
這也是院長的指示？
那……院長怎麼樣了？

「八月二十一日　天晴。小康，食牛乳一合、半熟雞蛋一個，麥芽糖三匙。」

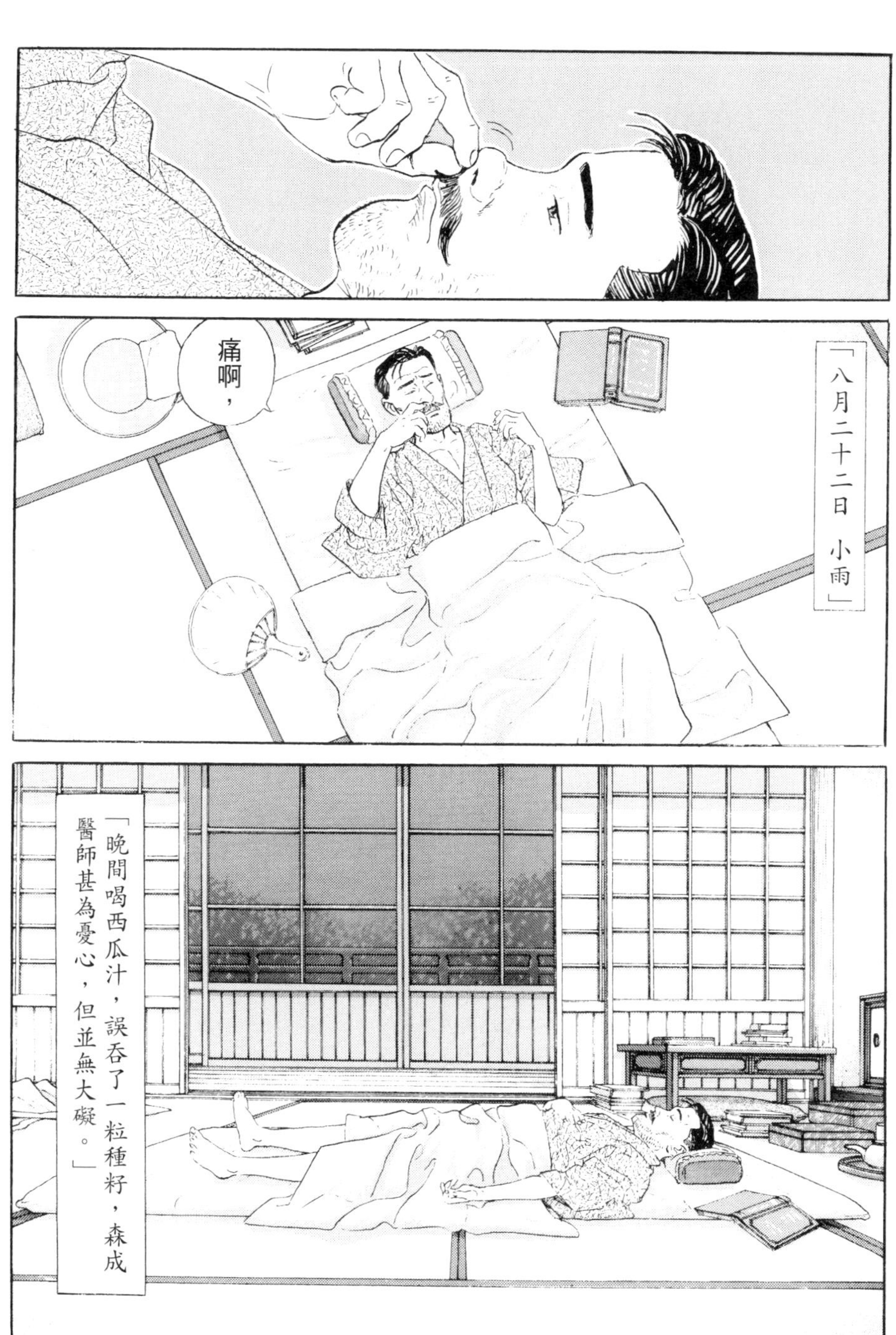
「八月二十二日　小雨」
痛啊，
「晚間喝西瓜汁，誤吞了一粒種籽，森成醫師甚為憂心，但並無大礙。」

當日同一時間　京橋瀧山町
東京朝日新聞編輯室
日韓條約終於簽訂
二十三日於漢城簽約
朝鮮與我國合併
伊藤博文遺願完成
喔，
石川很起勁地在工作呢。
啊……
松崎兄，
咦？
松崎天民，負責報導「大逆事件」的記者。

幸德先生和管野小姐的案子，
後來怎麼樣了……
聽說武富檢察官今天抵達大阪了。
這麼看來，

這個案子不光牽扯到宮下、管野和幸德這些東京平民社的人，

紀州、熊本和接下來的大阪，
檢察官打算不擇手段地擴大偵辦。

要把主義分子一網打盡？

真的有查出謀反的證據嗎？
這就是問題！我覺得未免太牽強了，
警察這五、六年來，不知道在全國布下多少眼線，天曉得又查到了什麼東西？

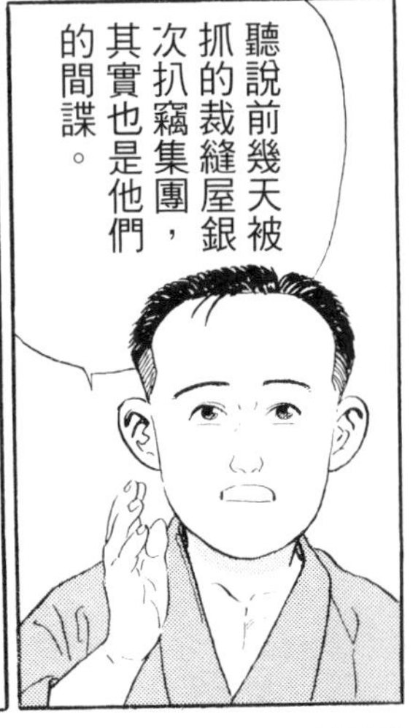
聽說前幾天被抓的裁縫屋銀次扒竊集團，其實也是他們的間諜。

是啊，我也吃了一驚。

抱歉，
我得去跟池邊主筆報告，先失陪了。
……

呃，
對了。

說到眼線，
你好像常去一間牛奶咖啡廳……在小石川？
是啊……怎麼了？

那間店的老闆……
……他叫藤田五郎，對吧？

聽說他是伊集院影韶的探子呢！
藤田他……他應該是主義分子吧。

他跟幸德很親近，
卻根本沒被警察偵訊過，
現在人還銷聲匿跡了。
失蹤了嗎……
該不會也被牽連進去……
你不會有事吧？
喀喀
喀喀
喀喀

八月二十三日晚上——
啄木在日記一角寫下另一首短歌：
「聆聽秋風，用墨水，把地圖上的朝鮮國抹成一片漆黑。」

幸德秋水關在市谷監獄的單人囚室，
在星光下回想自己高潮迭起的一生，
這也是八月二十三日的晚上——
沙沙
精養軒
沙沙

八月二十三日晚上，

森鷗外則是在築地精養軒跟歐洲來的女客聚餐，喝完餐後苦澀的咖啡，他從采女橋悄悄地往木挽町的方向步行……
喀
喀

在修善寺的漱石依舊臥病在床。

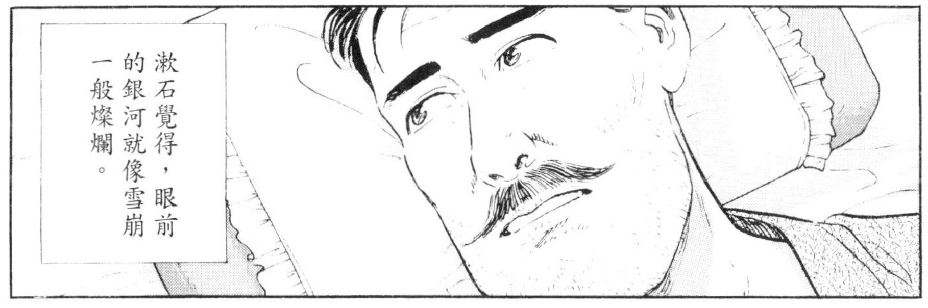

……別離在……

嗯？

你說什麼？

別離在……

一條如夢的天之川……[2]

2. 漱石於修善寺療養，與松根東洋城告別後病情加重，精神恍惚時創作的俳句，後收錄於《漱石俳句集》中，全文為：「別るるや夢一筋の天の川」。

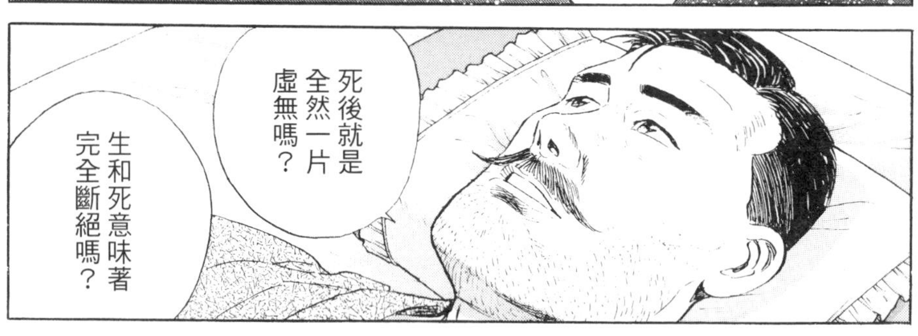

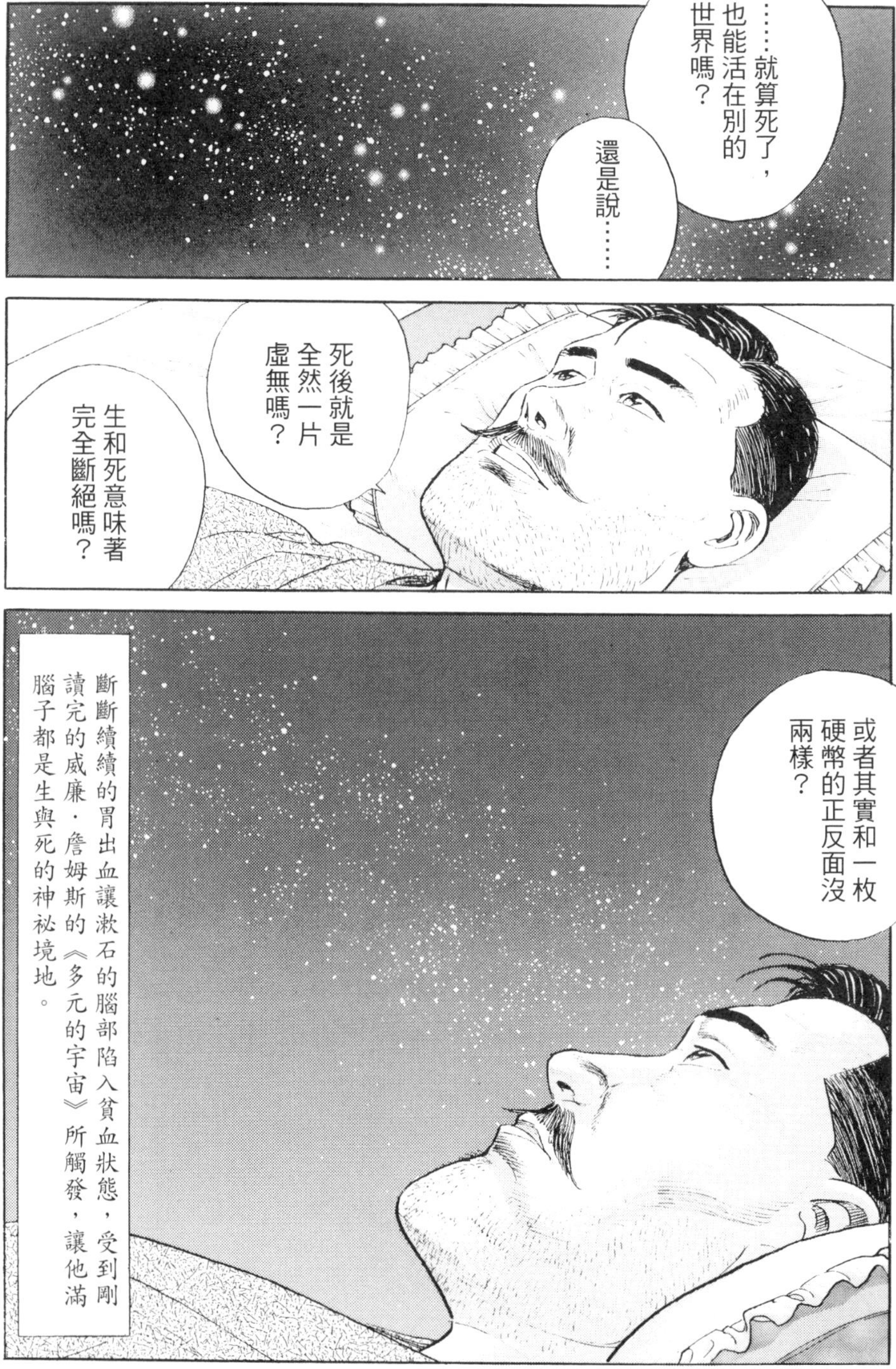

或者其實和一枚硬幣的正反面沒兩樣？

斷斷續續的胃出血讓漱石的腦部陷入貧血狀態，受到剛讀完的威廉·詹姆斯的《多元的宇宙》所觸發，讓他滿腦子都是生與死的神秘境地。

第六章 無法忘懷的二十四日

早啊。

啊，
子規……

……早安，

你覺得這
句如何？

……？

哪一
句呢？

啊……

長谷川二
葉亭。

離去的我與駐
足的你，宛如
兩個秋天……

真是佳作。

啊！

森林太郎。

1. 高濱虛子（たかはま きょし）：明治到昭和時代的俳人、小說家，出身於日本愛媛縣，本名為高濱清，俳句創作則是師承於正岡子規。

夏目先生，這陣子又要出遠門了嗎？
啊……
未婚妻……
我是樋口則義的女兒，夏子。

妳又是哪位？
你難道忘記多年前的未婚妻了？

啊……
……一葉小姐，

可是，大家怎麼會聚在這裡……

背負著過去的人
在懷念的松山中
學齊聚一堂，
還需要什麼
理由嗎？

我就是豪豬。

長谷川二葉亭
扮演紅襯衫，
鷗外先生
是校長，
再來呢……

啄木來充當
馬屁精，
草平則是
青南瓜，

一葉小姐當然
是瑪丹娜了，
……
如何？角
色分配得
不錯吧！

如你所見，
虛子是學生，

那我呢……
難道我是「少爺」？
不對，
你就是你自己，

依舊是夏目金之助，雅號漱石。
怎麼這樣……只有我繼續當自己嗎？

你看，
連赫恩老師也特地趕來了。

可是……為什麼有他？

這裡是無數多元宇宙中的一個，
任何人出現，都沒什麼好奇怪的。

虛無縹緲……
……縹緲……

我為什麼會在這裡？

因為這裡是你應當回去的地方。
不管是誰，總有一天都會回到這個房間。

換句話說，這裡就是明治這個時代的故鄉。

虛無飄渺，淒涼孤寂……

有那麼寂寞嗎？
我覺得太冷清了。

明治四十三年八月二十四日又下起濛濛煙雨，漱石前幾天穩定的病情一反常態，一大早就開始抱怨胃痛。

好痛，

……真難受……

嗯，沒有想像中……那麼糟……

總之要對症下藥，先以內科療法來控制出血，

接下來才是及早趕回東京，進行徹底治療。

還要在修善寺待多久？
這個嘛……再觀察一週到十天吧。
杉本醫生，
是的？
我一直受到長與院長的照顧，
請幫我向院長好好道謝。
好的。
其實腸胃醫院的長與稱吉院長，當時已是癌症末期了。
對了，院長他身體還好嗎？
……還可以。

在臨終的病床上，長與院長交待醫院上下務必全力救治漱石，然而漱石本人並不知情。
……我寫了這樣的詩句……
……別離在……
……
一條如夢的……
天之川。

別離在一條
如夢的天之
川……

寫得真
好。
可是……
讓人有
種不祥
的預感。
該不會是
指院長的
病情吧？

漱石先生還
不知道。
院長的
病體，果
然……
……
……

坦白說，是
時間早晚的
問題。

得要盡
快把夏
目老師
送回東京。
我們當然
希望這
樣，但是……

森成，今天
漱石先生又
解血便了？
沒錯，
但我想出血
應該大致止
住了。

他今天一早又覺得不舒服，
不過比之前森成所描述的要好轉許多。

痛啊，

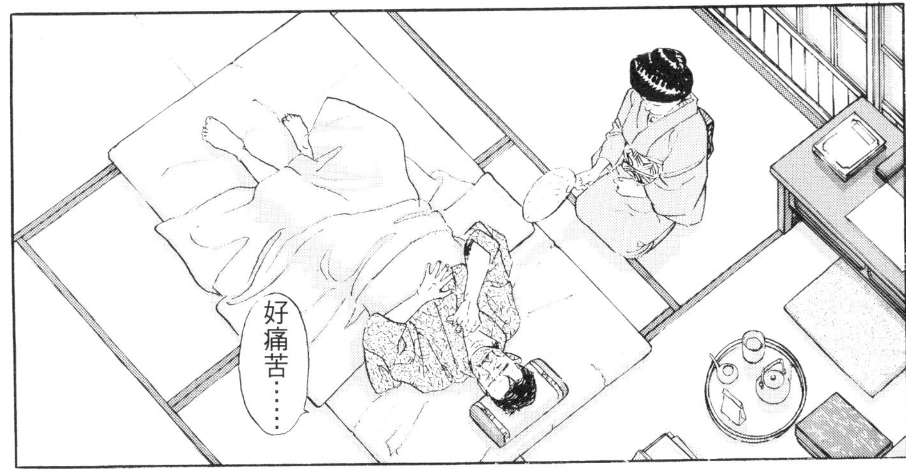
好痛苦……

只要出血停止，就可以安排轉送了。
出血是大問題，
已經出現腦部貧血的症狀……

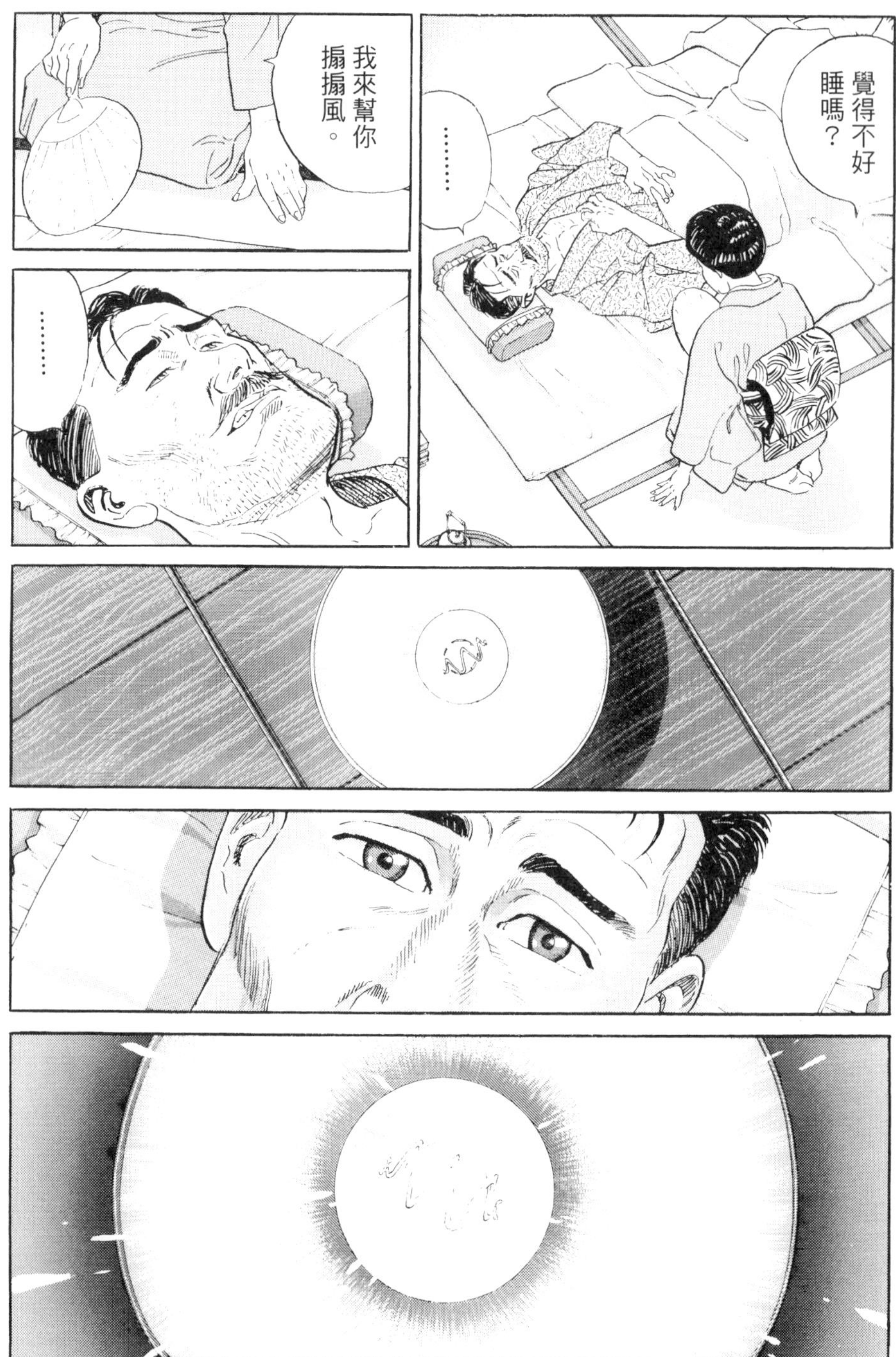
覺得不好睡嗎？
…………
我來幫你搧搧風。
…………

怎麼啦？
我都快熱死了……妳挪過去一點，
嗚嗚
你是怎麼了啊？
總覺得……
怪怪的……
嗚
老公?!
哇啊！

天啊——
啪答
別這樣，
求你振作點！
別嚇我——
嗚嗚……

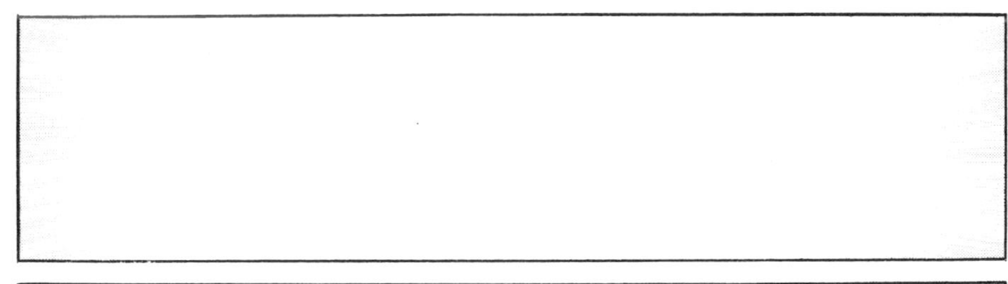

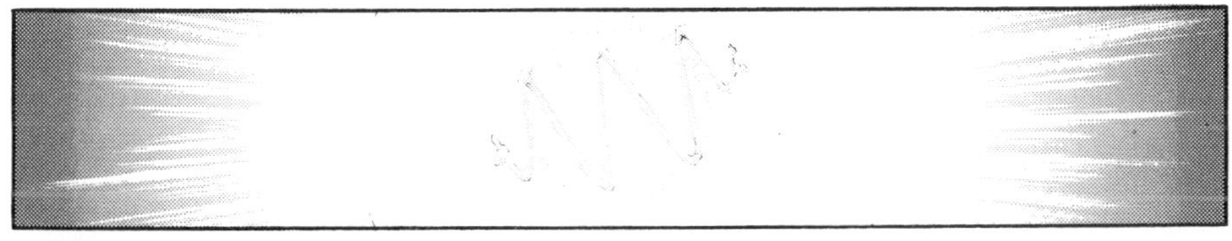

吊在天花板上的電燈泡，一直搖搖晃晃，
玻璃球裡頭那道彎彎曲曲的光線，像一道煙火那樣急速閃過。

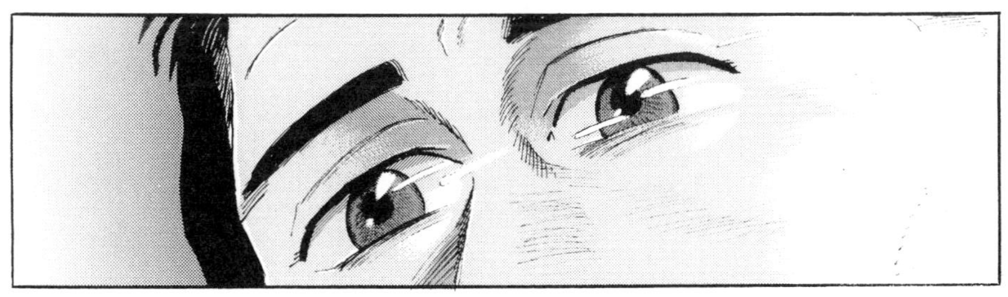

光的力量……
有生以來，我從未感受過像那時候那樣強烈而可怕的光亮。

醫生！

大事不好了！

啪噠
啪噠
啪噠
啪噠
……
老公！
在我看來不過是
短短的一霎那，
卻有如閃電般烙
印在眼簾之中。

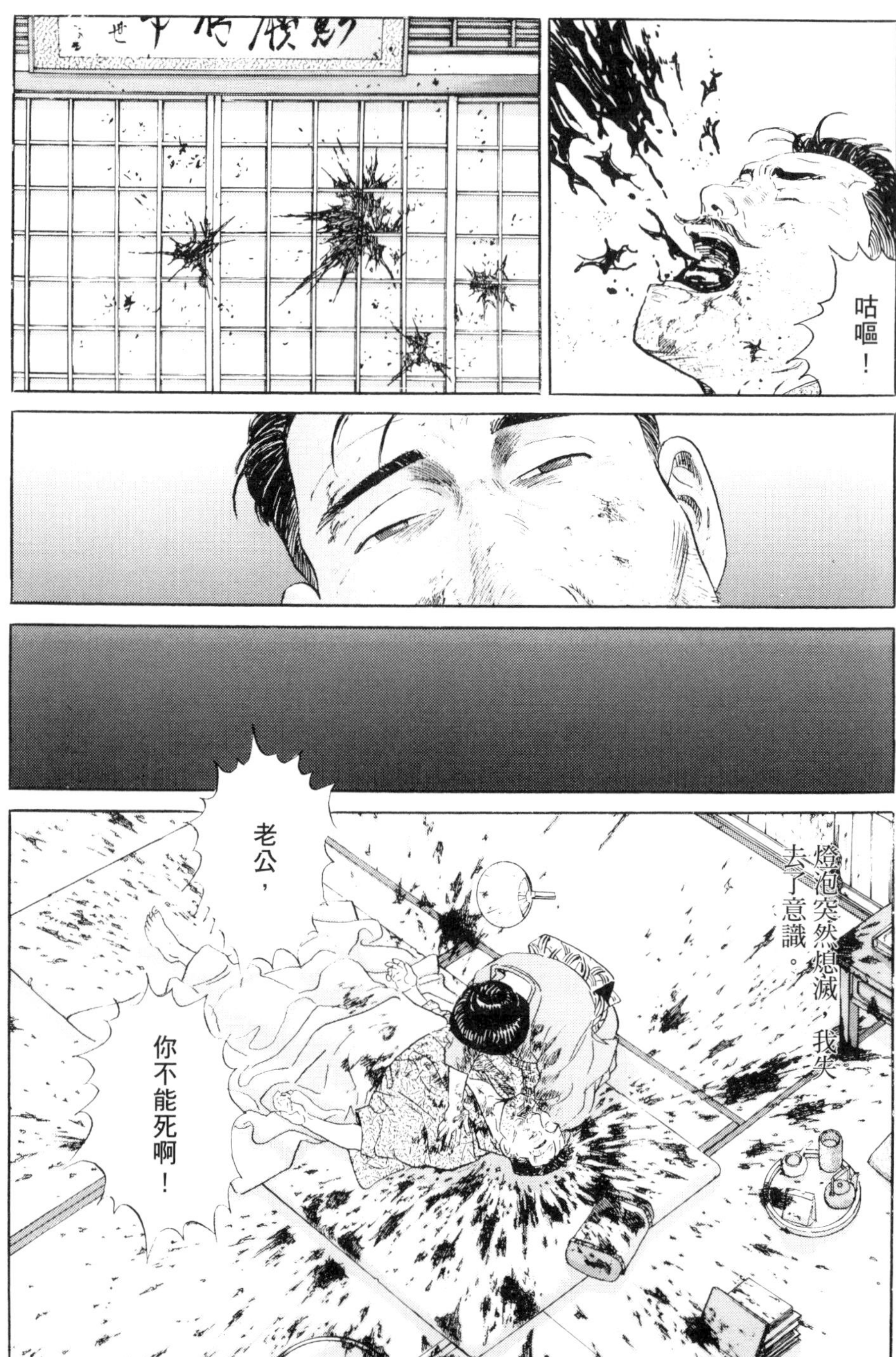
咕嘔！
燈泡突然熄滅，我失去了意識。
老公，
你不能死啊！

拉開
醫生，
夏目只剩一口氣了。
這可不行！
先打強心針（Kamfer）！
是！
找到血管了，
老公！
脈搏太弱了！

沒希望了嗎？
很難說。
夫人，
你醒醒！
夫人……
已經打五針了，
脈搏還是沒動靜！
做肺部復甦術！
是。
該叫孩子來見最後一面嗎？
怎麼會……
情況怎麼樣？
他沒救了嗎?!
再試一次，要是沒反應……

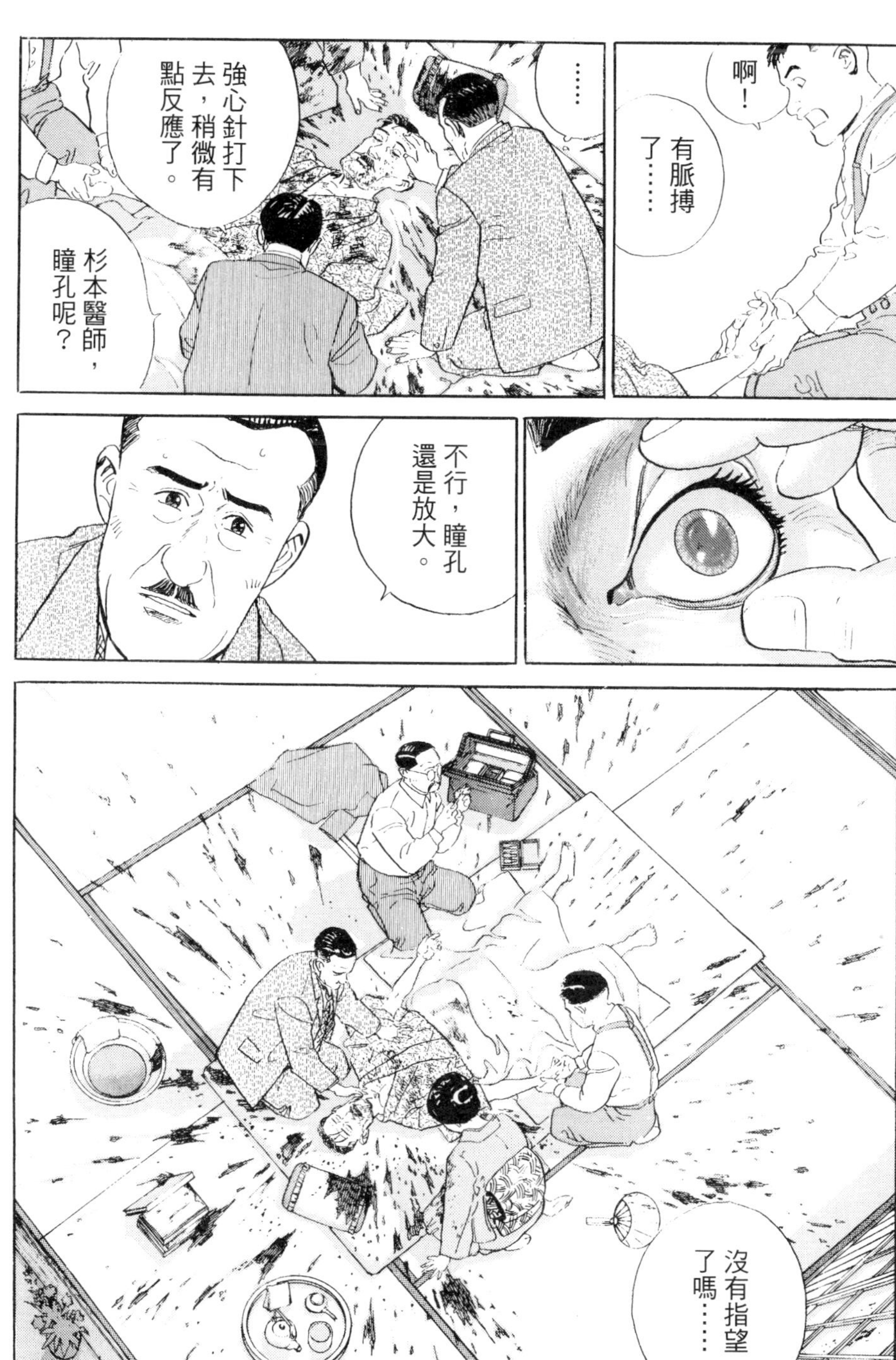
啊！
有脈搏了……
……
強心針打下去，稍微有點反應了。
杉本醫師，瞳孔呢？
不行，瞳孔還是放大。
沒有指望了嗎……

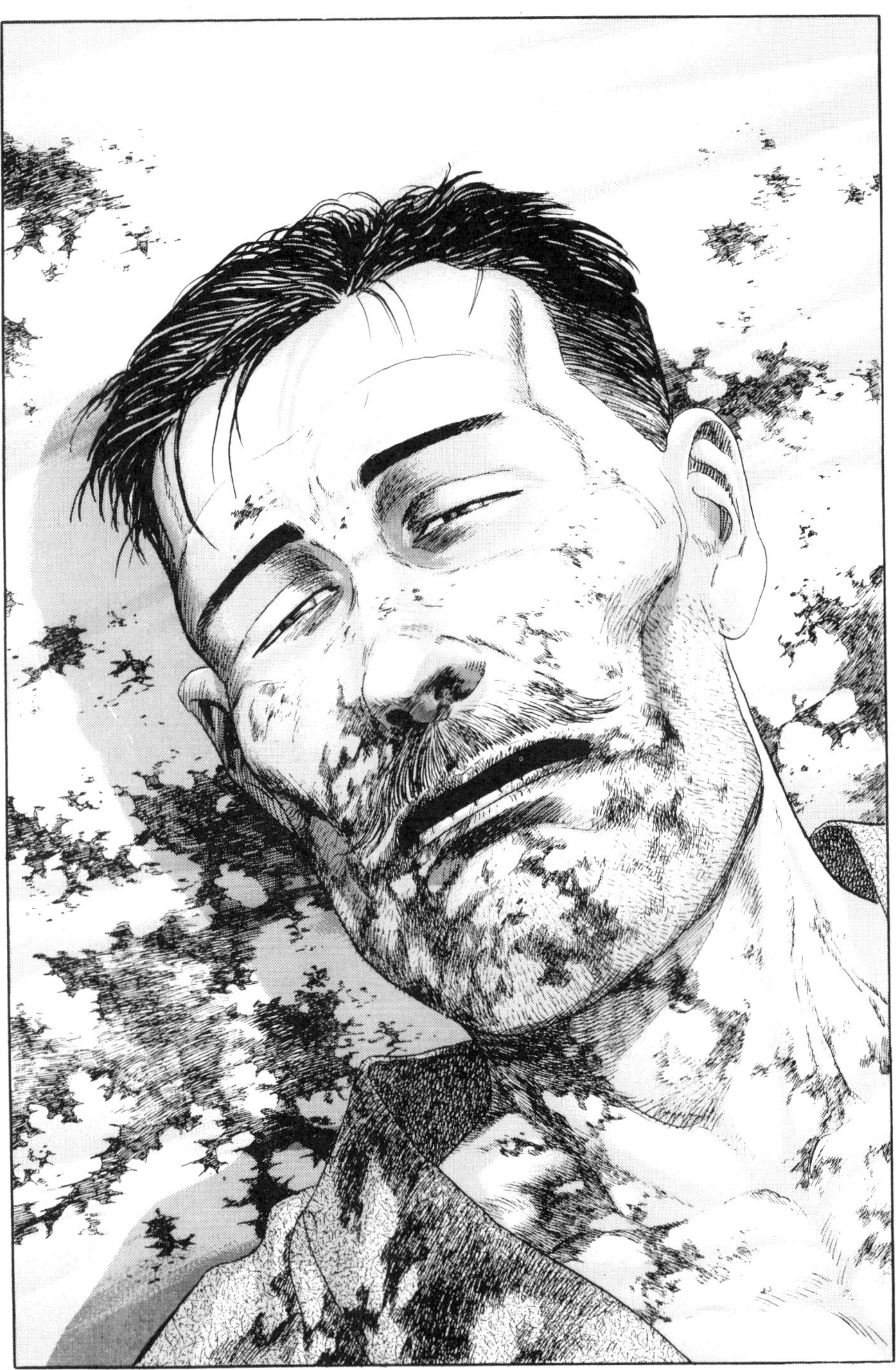

第七章 老師，您怎麼來了？

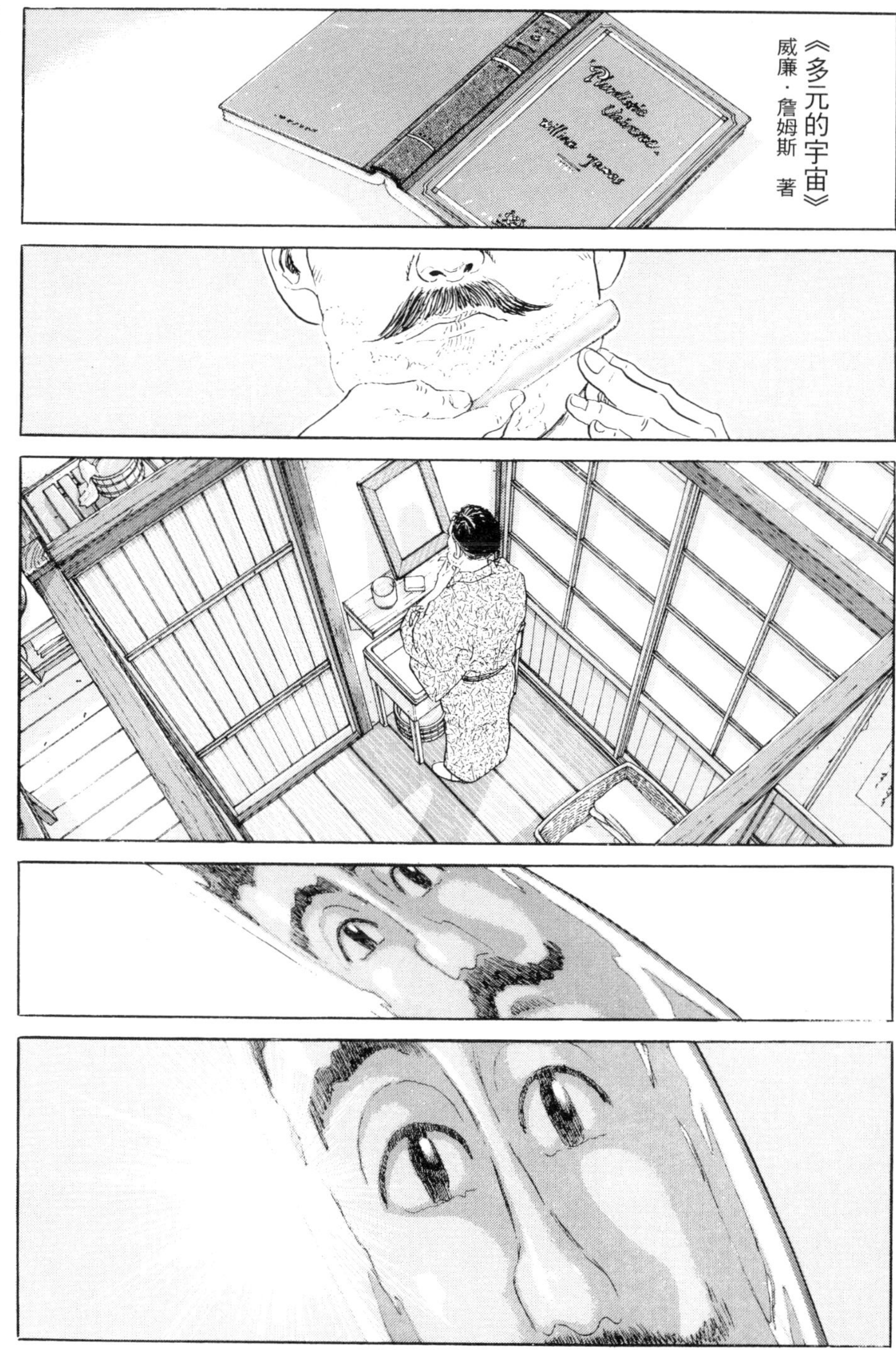
《多元的宇宙》
威廉・詹姆斯　著

第七章　老師，您怎麼來了？

您精神很不錯。
不錯是不錯，但總覺得有點難說。

聽說您的胃病挺嚴重的？
是啊，
胃病……

好不容易逃出鬼門關，
你氣色也挺好的嘛。

我本來就很健康，
先生，送葬的車隊來了，
送葬？

在竹橋內的近衛連隊那邊，
晚了就看不到了！
……

你最近短歌寫得怎麼樣了？
坦白說，我才不想寫什麼短歌……
是嗎？
一到月底就靈感源源不絕，
突然就能脫口成章。
怎麼說？
用詩歌來寄託生活中的自我厭惡。
喔，
你月薪多少？
二十八圓，晚班還有五圓津貼，
接下來還要負責朝日歌壇這個單元……
當短歌評審嗎？
是的，
評審津貼大概有七圓。

每月有四十圓收入，生活不成問題吧？
我還是很拮据啊，

幸好朋友願意借錢週轉，
都怪我自己不爭氣。

這是你不對，

有借有還，再借不難，你沒還錢……
嘿嘿，
我當然想還債，

就算欠人五十錢，也會仔細記錄下來。

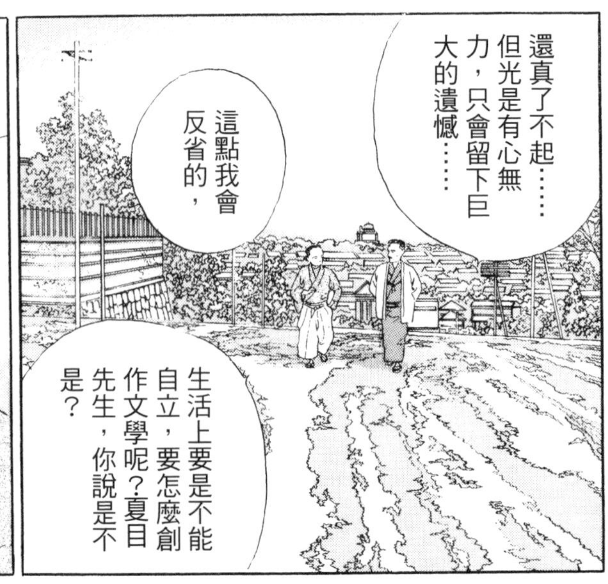
還真了不起……但光是有心無力，只會留下巨大的遺憾……
這點我會反省的，
生活上要是不能自立，要怎麼創作文學呢？夏目先生，你說是不是？

啊，
送葬車隊來了。
……

有個將軍帶隊。

我實在是不喜歡那個人。
乃木大將嗎？

這又是誰的葬禮啊？

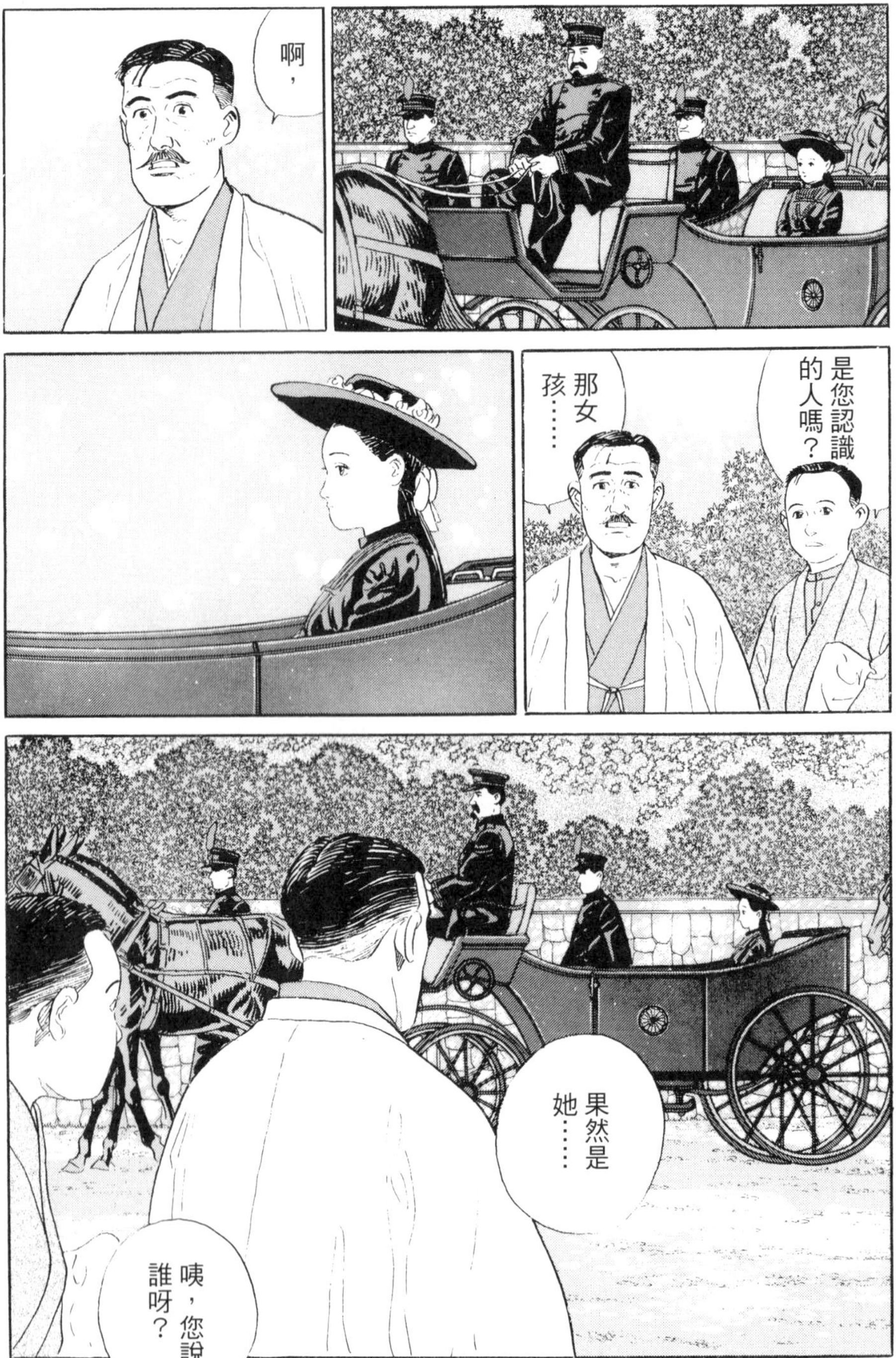

果然是她……

咦，您說誰呀？

奇怪，她怎麼
一點也沒變，
還是那
樣……
……什
麼？
而我現在變成
這副模樣了。

那個少女
是誰啊？

是您以前的熟人嗎？
你有完沒完，
石川，接下來要去哪裡？

夏目先生還要去見一個人，

……我要去見誰？

還有好幾位，形形色色的……
形形色色的……？

到了。
……這裡是？
這不是築地精養軒嗎？

為什麼要來這裡……

因為夏目先生想來吧。
是不是？
嗯……
是啊……

畢竟是高級飯店，我還無所謂，你這身打扮可不行，夏天穿什麼絨布上衣？
我只剩這件了嘛，

夏天的衣服都當掉了。

竟然是淡紅色的。
聽說穿紅衣服對健康很好，
可以消災解厄，
木屐也磨得跟魚板一樣薄，
沒關係的！
這麼自信，你是「奧坦欽·巴列奧略」嗎？
啊？
這可是奇遇的旅館呢。
你是還沒睡醒，在說夢話嗎……

1. 即倫敦留學時指導夏目漱石的英國莎士比亞學者威廉．克萊格（William James Craig，1843-1906）。

啊，
您怎麼來了？
你是……
是我！
我以前在您荷馬街四樓的家中上過個人指導課呢。
啊！
想起來了，你是Mr. Jujube！
他不肯握手……
您認錯人了嗎？
不是，
Jujube是棗子，日文發音跟夏目同音，
這個老頭還比較像倫敦街頭的馬車伕。

胡說，這是偉大的莎士比亞學者，是愛爾蘭人。

……您來東京旅行嗎？
你別傻了，
我快窮死了，只好跑來遙遠的東方找份差事，

東京帝國大學怎麼樣？
你不是拒絕升任帝大教授，跑去報社寫小說嗎？
……

乾脆推薦我接替你的帝大職位好了！

這老頭臉皮還真厚。

對啦，
用餐時間到了，

棗子啊，請我到樓上餐廳吃飯吧？
這當然樂意之至。
真的要請他？

畢竟是昔日的恩師。
是嗎？那我也來作陪！

對了，這個可愛的少年又是誰？
我不是什麼少年！
他叫啄木鳥(woodpecker)……是個詩人。

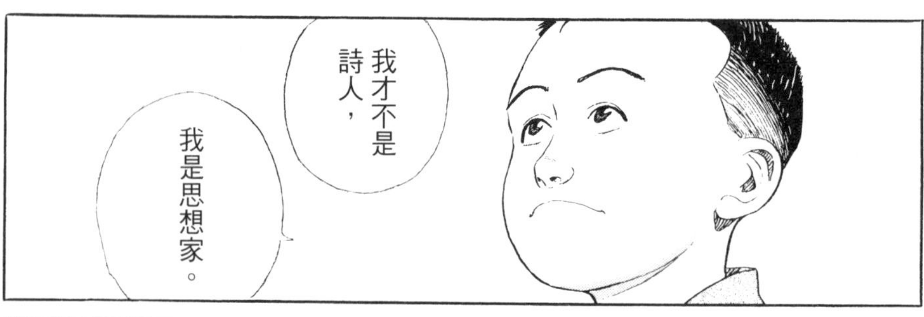
我才不是詩人，
我是思想家。

住在安女王街的……名字叫什麼……
那個醫生還好嗎？
……安女王街的醫生？
喔，華生博士，
前幾天在貝克街碰到他。
在貝克街……嗎？
他好像每天都會去，
傳聞他跟那個鴉片中毒的名偵探搞起同性戀來了。
……
……
那傢伙畢竟是有名的怪人，
聽說還跟最近沉迷降靈術的柯南·道爾爵士走得很近，
話說回來……你們也是同性戀嗎？
什麼?!

夏目先生跟我嗎？
棗子跟啄木鳥，
嘻嘻嘻嘻
聽起來真是天生一對。

……別開玩笑，我有個生涯難忘的女人。

那麼去帝大教書的事，
可以幫我設法嗎？

也是，
你本來就討厭白人，還有搶走赫恩職位的前科呢。
那都是誤會。

這個嘛……

熊本五高、東京帝大……
赫恩一辭職你就走馬上任，難道全是巧合？
是偶然的。

咦，他們是……

那不是……
森林太郎嗎……
您看，又是巧遇了。
太巧了吧。
那又是誰？
看起來是外國人……
長得真美……

妳是昨天到的嗎？

不，是前天，

到了敦賀之後就一直搭火車，

昨天早上才到東京。

是嗎？

第八章 帶一根車把踏入土俵

先到敦賀？
那麼，

對，
其實從去年年底……我都在海參崴。
我們先入座吧。
餐桌擺設好了。

沒想到是個半老徐娘呢。
是舊識吧，

是老情人嗎？
或許是吧。

鷗外先生跟我可不一樣，
他在歐洲不會神經衰弱，還特別有朝氣，

……妳還在表演歌唱嗎？
是的，
我沒去過浦鹽，但可以想像得到，
那地方是坡道很多的新興港都，
在可以俯瞰港口的高地，有間清爽而寂靜的旅館，
北國的黃昏來得早，妳先換上低胸的舞臺服裝，
客人稀稀落落，妳登上地板打蠟的沙龍舞台演唱，
還以為你親眼看過……
獨自來遠東旅行，妳不會感到不安嗎？

不會的……
柯金斯基也一起來了。
啊，是妳信上提到的波蘭鋼琴家吧……

那麼，妳的姓也改成柯金斯基了嗎？

才不是，

我演唱，
柯金斯基彈琴……如此而已……
不會只有這樣吧。

不過是……

……兩人一起長途旅行，
我倆之間倒也不是完全沒有什麼。

二十年的時光……
長到令人難受，不想法子應付過去，又怎麼受得了？
西洋杜鵑……

咦？
什麼？
這個花籃……

是西洋杜鵑和石楠花吧？

……是啊，

看不到你的臉，被花籃給擋住了。

不、森林太郎他……

怎麼了？

一直躲在花籃後面，
他是故意的……

對我來說，二十年的歲月太沉重了……
我倒是能體會，

他們兩個人聊天，
用的是什麼語言？

還用問嗎？當然是德文了。

竟然能馬上聽懂德文，
我果然是天才！
……

……柯金斯基也在東京？

對，
住同樣的旅館。
同一個房間嗎……

我昨晚從愛宕山看到東京的夜景，
看來就跟那時候一樣……
……那時候？

中央大劇院（Central theater）散場後，
妳說中央劇院嗎……
……啊，是德勒斯登的。

以前我們會去布呂爾石階（Brühl'sche Terasse）那邊的餐廳，
昨晚看到的夜景，比那時還要壯觀遼闊，

東京的燈火就像汪洋大海那樣虛幻無常，

我忽然覺得，
其中一盞燈火……照耀著你，你像以前那樣在燈下讀書。
就算跟以前一樣在燈下讀書，隨著時間過去，我改變了，
有了過去沒有的自負，

多了過去沒有的悔恨。

天啊……
這花籃，讓我一直看不到你的臉。

那位女士是……

是二十二年後的「舞姬」嗎……？
可是……
怎麼可能？

我說，夕陽實在太刺眼了，

比剛才更鮮紅，
陽光反而更燦爛了，
那邊的景物成了一片模糊。

妳今後有何打算？

在日本沒找到什麼工作，
我打算到美國試試。
好主意，
去了俄國，下一站去美國，挺不錯的。

我聽說舊金山大地震後，當地重建了不少劇院和飯店。
日本還在……
建設當中。
你果然連一句挽留的話也不說。
你以前也這麼說。
再過個一百年，以後的日本也同樣在建設中。
你實在太拘謹了。
我其實已經俗不可耐了，
可以在這種地方和妳見面，是很特別的。
謝謝你了……

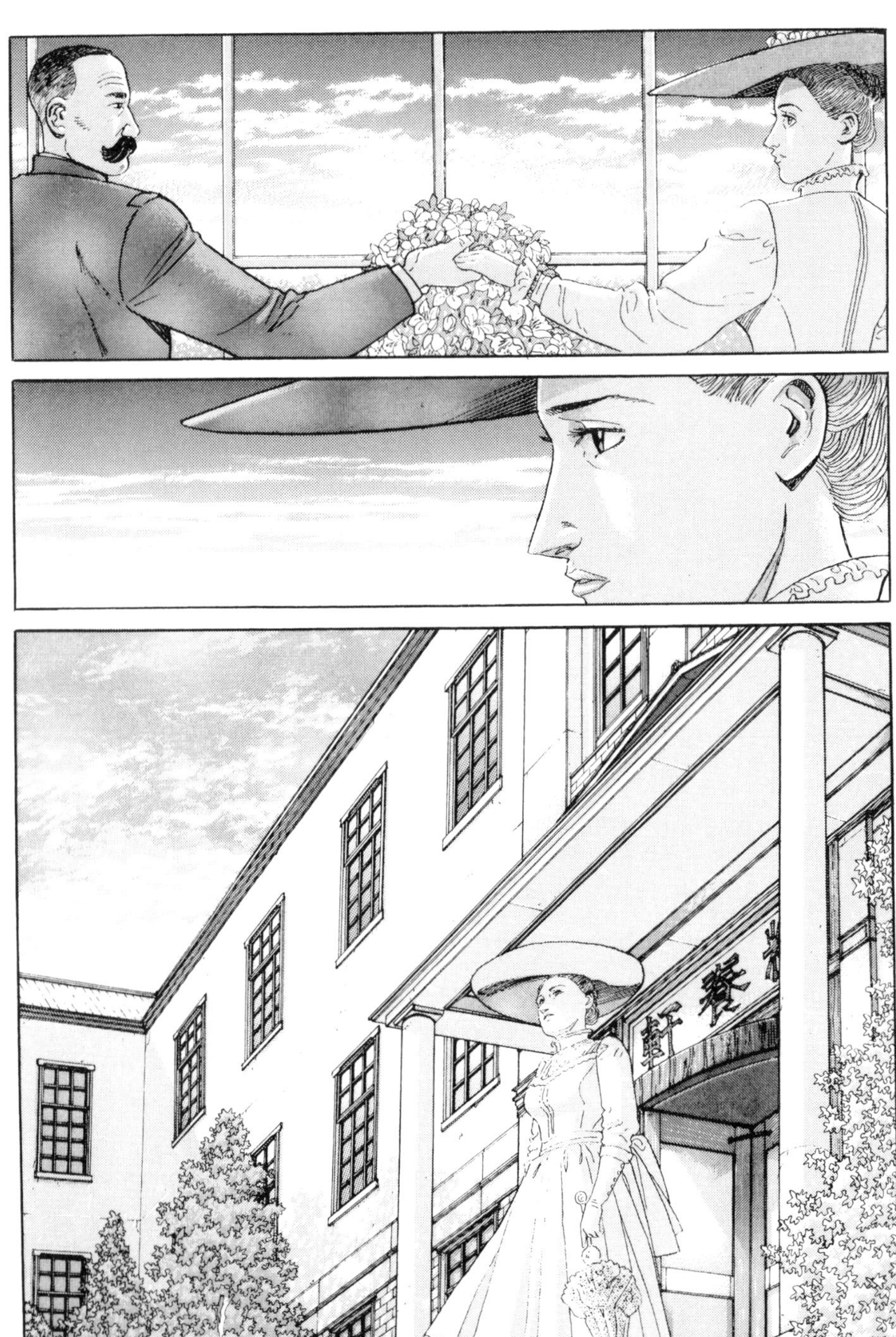
軒養

唉呀，是你！

你是那時九段坂的……
您還記得我嗎？
本來應該是裁縫屋銀次來拉車，

他有要事無法抽身，所以由我來代勞，
來，請上車吧！
你長大了，是大人了。

然而我卻……
我只會愈來愈老……
不，您還是跟以前一樣漂亮。

1. 此句引自森鷗外的小說《舞姬》。

2. 長谷川伸（はせがわ しん）：本名長谷川伸二郎，活躍於日本大正、昭和時代的小說家兼劇作家，幼年貧困，後來成為新聞記者並撰寫深受當時讀者歡迎的大眾小說。

你在說什麼呀？
沒事，
是我自言自語，

要上路嘍，
大姊姊！

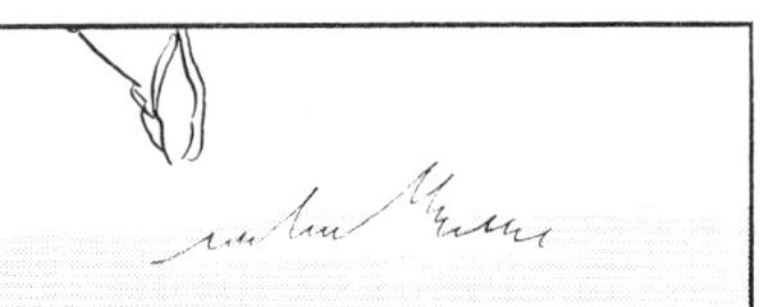
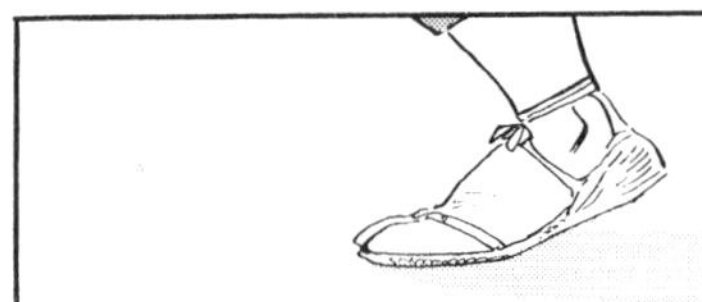

那是誰啊？
你是說西洋女士，
還是車伕？

當然兩個都問，
我怎麼可能認識他們？

好一臺寂寞
的人力車，
還有……
這一片悲傷的
燈火之海……

夏目先生，太陽下山了，
簡直像燒紅了的滾燙火筷，

太陽掉下海底，會發出滋滋聲吧？
話說回來，我們到底要去哪裡？

我不知道目的地，再來得要搭船就是了。
坐船？
一起在時間的長河上航行吧！

修善寺大難與漱石的生死觀

關川夏央

本名金之助的夏目漱石，在明治四十三（一九一〇）年的八月六日到十月十一日間，住進修善寺的菊屋旅館本館療養病體。

漱石長期以來為胃部不適所苦，他在明治四十二年秋天到滿州和朝鮮旅行時胃病加速惡化，明治四十三年六月內幸町的長與腸胃專科醫院診斷出來是胃潰瘍，讓他住院，雖然後來在七月三十一日出院了，他還是接受醫生的建議，動身前往修善寺溫泉進行移地療養。

沒想到病症在兩週後急速惡化，漱石在八月二十四日大量吐血，一度陷入病危，正確說來，在那時有三十分鐘左右的時間，漱石是呈現死亡狀態的。

當時要前往伊豆是段相當漫長的旅程，必須先搭乘東海道線的火車，從北方迂迴繞過箱根的群山，由御殿場抵達三島後，再從那裡轉搭伊豆鐵道，終點站是大仁，從那裡要到修善寺溫泉就得乘坐人力車了。漱石在雨中不停趕路。明治四十三年的夏天異常多雨，接下來以東日本為中心，不斷出現土石流和洪水，漱石出發那天的雨勢正是一場序曲。

到達旅館後，隔天一早漱石就吃了生雞蛋配三大碗白飯。他從青年時代就受到神經性胃病折磨，偏偏又是個不折不扣的貪吃鬼，他的酒量完全不行，卻嗜吃甜食，常常趁著鏡子夫人不注意偷吃零食點心，然後再抱怨胃脹胸悶而被夫人責罵。那天早上，他趁著沒有夫人在一旁嘮叨，一起床就大快朵頤了三碗飯。

暴飲暴食的報應馬上就來了，當天中午他覺得胃袋沉甸甸的，一陣陣的不適感接連襲來，他完全失去食慾。試著點了兩三道愛吃的菜色，一看到放在餐桌上的碗碟卻湧起某種莫名的反感，根本提不起興致享用。

豐沛的雨勢不斷地下著，不久後漱石就覺得想吐了。

漱石如此寫道：

「吐出來的大半是水，顏色卻不停地改變，最後變成像青綠顏料那樣的美麗液體。就算我小心翼翼，連一粒米飯也不敢貿然送進胃裡，胃液還是由食道逆流，就這樣冷不防地吐出來了。」

「青色的嘔吐物又變色了，起先是看起來像熊膽溶在水裡那樣的漆黑濃汁，我吐到臉盆都快滿出來了，這時醫生皺著眉頭交代，吐成這樣了，你必須暫時先靜養，再回東京就醫。」

但是漱石無法返回東京了，症狀比想像中的還要嚴重，讓他陷入動彈不得的狀態，別人也不敢輕易地搬動他。

「然後我又嘔吐了，這時熊膽般的顏色摻雜了少許鮮紅，湧上咽喉時還有一股刺鼻的腥臭味，我按著胸口自顧自地說：是血，吐血了。」

雨一直下個不停，躺在病床上的漱石，憂心忡忡地望著從屋簷邊緣延伸到菊屋後山崖邊的竹製排水管漲滿了水，反射出冰涼的青色寒光，心裡恨不得把「肚臍上方約莫三寸的部位」，也就是整個胃袋一股腦兒切掉，拿去餵狗算了。

隨著雨勢愈來愈大，漱石的胃病也不斷地惡化。

漱石在《回憶往事種種》（思い出す事など）裡一連寫了五次「無法忘懷的二十四日」，又寫了一句「無法忘懷的八百公克吐血」，明治四十三年八月二十四日的經驗，顯然讓他留下難以磨滅的強烈印象。

接近黃昏時分，難以形容的胸悶讓漱石非常難受，鏡子夫人冒著大雨從東京趕來，在病床邊陪伴他，漱石還不高興地對夫人說：「我都快熱死了，妳挪過去一點。」

然而，漱石的不適感依然沒有減輕，他本來仰躺著昏昏沉沉地打瞌睡，翻身換成側向右邊的姿勢。

在下個瞬間，漱石目睹自己對著臉盆吐出大量鮮血，都是些巨大的血塊，其實只有漱石自己覺得是「下一個瞬間」，實際上距離「下一個瞬間」，中間已經過了三十分鐘之久，漱石在這三十分鐘確實是死了。大約一個月後，他才從妻子口中得知這件事，驚訝得啞口無言。

「我確信那個勉為其難想翻過身朝右側睡的我，和看到枕邊臉盆的鮮血的那個我，應當是連一分鐘的間隔也不存在的連續動作，只記得那時感覺自己是在千鈞一髮的病危之際，身體自顧自地活動起來了。」

漱石那時根本不覺得自己從昏睡中醒來，自然也不會意識到在徘徊生與死之間，也沒有領略「通過那靈妙的境界」的感受，他不但沒有自覺到死亡，更沒有常聽說的精神脫離肉體的體驗。

死亡不是什麼可怕的事，也不是某種可以體會不可解事物的特殊經驗，換言之，對於漱石而言，死亡等於是不存在過的東西。

「聽到妻子解釋前後經過時，我不禁認為死亡是多麼虛幻無常啊，我深深地感受到生死兩面短暫的對照，雖然突然降臨在自己頭上，一切實在過於快速，兩者完全沒有任何交集。」

死亡是沒有任何解藥的，人類看來也不會變成什麼幽靈，漱石好不容易回到東京住院治療，心裡有了這種感觸，更嘗到一股惶恐不安卻又索然無趣的滋味。

十一月十三日，漱石得知大塚楠緒子的死訊。

楠緒子是一位「有如菫花般」嬌小可愛的美人，從漱石就讀大學院，到她和漱石的朋友小屋保治成婚，兩個人長久以來對彼此一直有股輕輕淡淡的微妙感受，這種共鳴或許可以稱為戀愛吧？楠緒子過世時才剛滿三十五歲，她的身影一直強烈地投射在《從今而後》、《門》和《心》等作品中。

漱石想要轉換愈來愈陷入無力感的情緒，便寫下以下的訣別詩，抄錄在明治四十三年十一月十五日的日記中。

「朝向棺木，盡情拋擲所有菊花。」

自己從短暫的死亡中生還，卻日漸沉浸於那份完全的虛無感中，漱石贈予戀人這首寂寥而清淡的輓歌，卻再也無法傳達給她本人知曉了。

收錄於《有家歸不得》，一九九二年文藝春秋刊行

第九章

時光之河

這艘船的速度還真快，

才剛從築地的海軍大學校出發，
轉眼就到永代橋了。
正好漲潮嘛。

船伕長得好壯碩，

總覺得在哪裡看過他的背影。

我的朋友，
打開陳舊的皮包……
……嗯？

微弱的燭光照耀在地板上，

散亂著各式各樣的書籍，
石川，你還好吧？

全在這了，

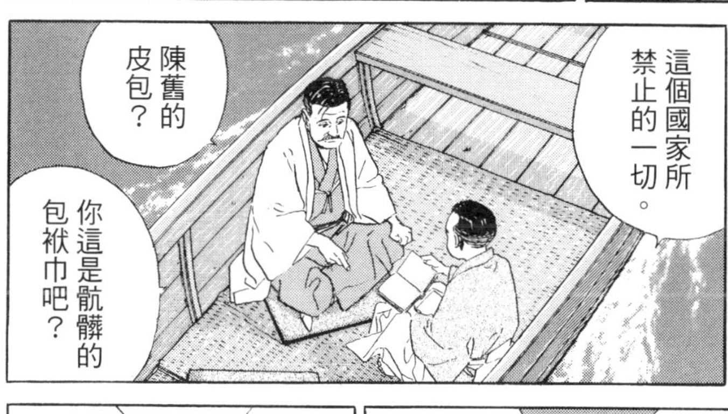
這個國家所禁止的一切。
陳舊的皮包？
你這是骯髒的包袱巾吧？

禁書嗎？
不過是本日記吧？
我那朋友終於找到一葉的玉照。

一葉的照片？
你是說樋口夏子？

他說「在這裡」，然後放在我的手上。

嗯？
接著他靜靜地靠在窗邊，吹起了口哨。

這女人又
是誰？

是管野須
賀子。

……管野
須賀子嗎？
啊，跟幸德秋水一
起被收押的無政府
主義者……

這張照片裡的
年輕女人，不
太好看吧。
……她啊，
的確稱不上
美人………

不過還不
賴吧？
呃，
是嗎？

難以分辨言
語和行動的
不同，

悲傷之心
……

悲傷的，有顆
悲傷之心的女
性恐怖分子。

夏目先生，
廄橋到了。

那個背影……
記得在西片町的澡堂看過……

喂——
你是長谷川辰之助吧？

這裡是……
我們在上野。

總覺得好像在做夢，沒什麼脈絡。
您看，

那邊是不忍池，
還有本鄉的樹林，

好個清爽的初夏。

初夏？
白天了嗎……
太在意這些無謂的小事，您又要神經衰弱了。

您看看我，
為借貸而奔波，一家人吵吵鬧鬧，但我依舊開朗，
煩惱雖多卻不負責任，
生活在時代氣氛閉塞的日本，要這樣才聰明啊。
是這樣嗎？
先生，那邊！
啊？
對了，長谷川二葉亭的赴俄
送別會，是在上野精養軒辦的吧？
……
您不是挺欣賞二葉亭的嗎？
他有次從聖彼得堡寄了張明信片給我，抱怨他快冷死了……
……怪了？長谷川去年過世了啊……
也是如此清爽的初夏傍晚呢。
那是自然主義派的人辦的，
我不受他們歡迎……

到啦，就是那個人想跟夏目先生見面。
……誰啊？
大石誠之助。

大石……
我不認識他啊。

他是紀州新宮的醫生，被秋水和管野須賀子的案子牽連。

原來……
我在報上讀過……

今天是好日子。
真的是個好日子，
……

對我這種人來說，
這個世界顯得更美了。

恕我冒昧，請問……
您是被釋放了嗎？
不，其實我請了一天假，
反正遲早會被處死，請個一天假也無所謂吧。

死刑？
你真的參加過什麼暗殺天子的計畫？
不，全是捏造的，坦白說這案子根本是莫須有，

這種不可思議的經驗還是第一次。

你……
有香菸嗎？
有。

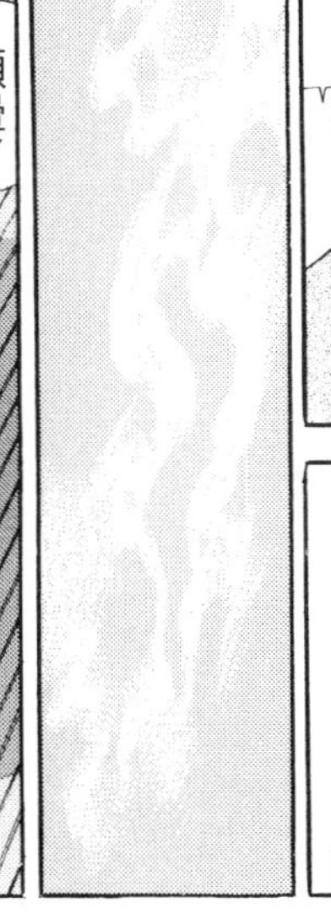

頭暈了……
太久沒抽菸了……
……

我年輕時在世界各地漫遊，增長了不少見識，
自然成了所謂的自然主義者……
我對社會主義也有些理解，在明治日本就被視為危險人物，
我憂心日本的將來，和秋水這些人高談闊論，

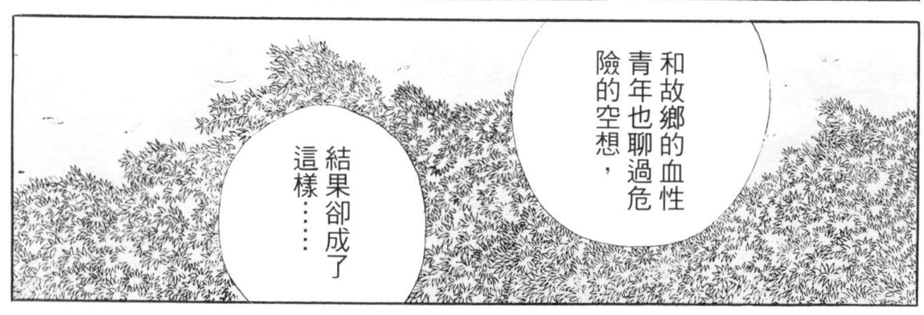

這個國家……像雙腳踏在滾燙的鐵板上那樣拚命趕路，
……
審判草草結束，在年初某個寒冷的日子，就會把我們全都推上死刑臺吧？
今天能和您相逢也是有緣，
能替我轉告幾句話給內人嗎？
您請說吧。
那麼，請告訴她……
就算再怎麼痛苦難受，
在那一天、最晚隔天就要吃些東西，古人說過，這是獲得慰藉的第一步……

這陣子妳千萬不要關在家裡，
應該梳好頭髮、換上新衣，找些親朋好友遊玩，多看看這個世界，

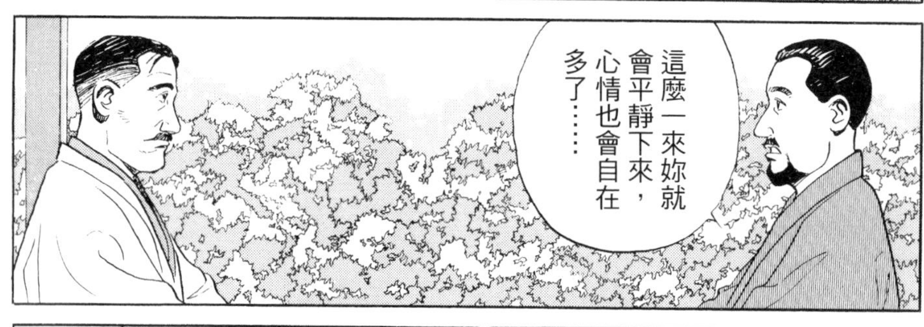
這麼一來妳就會平靜下來，心情也會自在多了……

她的個性堅強，沒想到卻碰上這種事……
……
我們明白的。
還有件掛心的事，
……我的墳墓。
是的。

鎮上的人討厭我，
墓碑用個小石頭就行，請把我安葬在故鄉能俯瞰大海的山丘上……
不過，
真沒想到會跟這群素未謀面的人同赴黃泉……
……
我現在……
仍舊覺得不可思議……
墓誌銘交給我來寫吧。
對了……
你又是誰？
什麼——
你不認識我？
可以的話，別在百花凍餒的嚴寒深冬……
我想在今天這樣涼爽的日子赴死。
我乃小說家、以生活者自居的思想家，
一得空就吟詠詩歌的天才啄木，你居然不曉得嗎？

你和大石誠之
助見面了？

可惜了，
他是個人
物……
伊集院，
手伸出來。

以前跟你
借的錢。

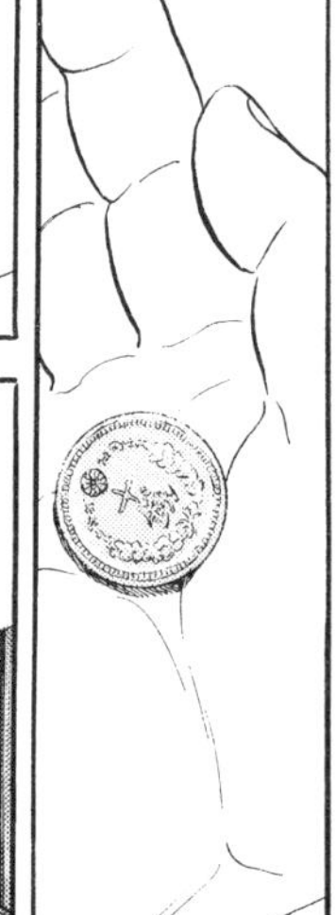

……我借
過你錢？
明治三十
三年十一月
二十二日。

1. 波耳戰爭：為了南非殖民地，英國與定居南非的荷蘭系「波耳人」所建立的共和國之間的戰爭。

一旦容許主義分子蠢動，先人用鮮血打下的戰果就會化為烏有……
我還有臉去見西鄉大老和那些壯志未酬的草莽好漢嗎？
……
對在對俄大戰中捐軀，葬身滿州的將帥士卒，我又該如何交代？

我國在日俄戰爭竭盡全力，苦撐到敵人以些微之差先倒下，根本就是慘勝，
國民根本不明白這一點，
……

只會無理取鬧，要賠償金、整個庫頁島，還要割讓貝加爾湖以東的領土，

最後竟然在帝都搞暴動，
這算什麼國民？
……

夏目，你有話想說？

不公開戰況真相，隱瞞戰力不濟的事實，不就是您嗎？

還有，
讓乃木這個無能的善人當大將軍，也是山縣大老的責任吧？
不准你提乃木的事。

夏目先生，
你應該曉得日本國民的性情吧？

性情……

機敏卻又愛計較，
好動而情緒起伏，
思慮淺薄又愛喋喋不休，容易從輕浮急躁的興奮中，跌落悲觀的谷底，

從舊幕府時代就未曾改變，毫無進步。

……
……

向國民公開正確的資訊又能如何？
我國在戰時援助俄國革命黨以擾亂敵後，這確實奏效了，但……

以貧富差距帶來的弊害來看，日本不若俄羅斯嚴重，但不上不下的教育普及造成人心容易浮動，
縱有三分的利，也難逃七分的害，
更何況從十八世紀末，那群白人就以社會進化的頂點自居，
裝成一副紳士的模樣，其實瘋狂想要侵略席捲全世界，對黃種人的崛起，在內心可謂深惡痛絕。

在朴資茅斯和談時示好的美國，不到兩、三年就制定排日法，

把日本視為新的假想敵，進行戰略研究，

可是，這……
管他有多悽慘可憐，
幸德、管野、大石之輩，
非得要全數弄死才行。
可是這麼一來，
日本早晚會滅亡的。
夏目先生，
咱們該下車了──
本鄉到了，
本鄉三丁目站！

第十章
如畫的妳

又有山茶花掉下來了。
唔。

……淒愴？

你看，又是落花，

看來真像染血的人魂。[1]

……好觸霉頭

1. 人魂（ひとだま）：日本民間相傳死者的靈魂離開肉體，會變成夜晚在空中浮游的發光小火球，又稱為鬼火球或幽靈火。

池子有如幽冥的花園，死去的女人載浮載沉，
頭髮在池水中款款飄動，

這才叫淒厲的美感吧？
您的喜好真讓人意外。

多虧了先生的小說《三四郎》，以後這個池子就被叫做「三四郎池」了，

真的要來具浮屍的話，
被您趕出東大的拉夫卡迪奧．赫恩（Lafcadio Hearn），他的屍體怎麼樣？

我才沒趕走他！

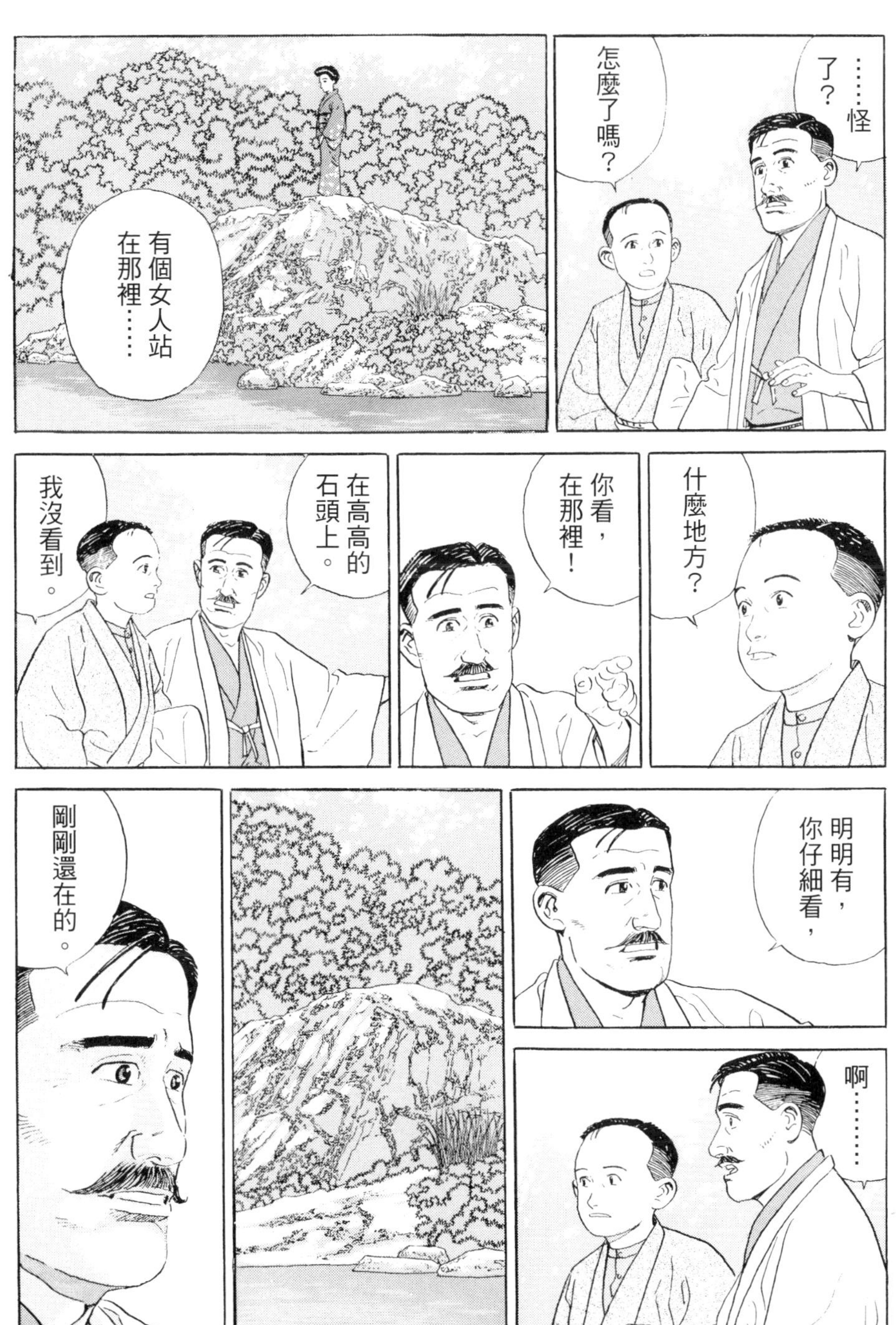
……怪了？
怎麼了嗎？
有個女人站在那裡……
什麼地方？
你看，在那裡！
在高高的石頭上。
我沒看到。
明明有，你仔細看，
啊………
剛剛還在的。

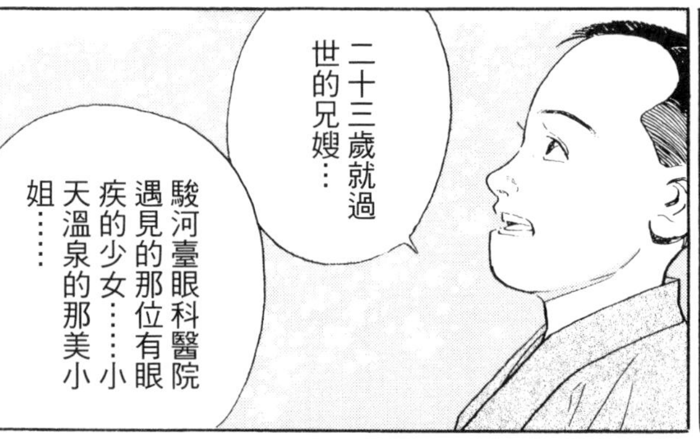

……在湯煙瀰漫的溫泉大浴場裡，女人雪白的裸體逐漸浮現出輪廓……

您真的瞧見……那女人的裸體了？

看到了又怎樣？

《三四郎》裡的里見美彌子……

角色的原型……難不成是平塚明子小姐？
……

原來如此，果真是人不可貌相，
您也追隨流行的「任性妄為」話題，一直關注平塚小姐的足跡呢。

你在胡說什麼……

更讓人意外的是，
夫人才是您幻想的根源。
我老婆？
真是荒誕無稽……

您對夫人的稱呼是「阿鏡」(kiyo)，
名字的發音跟阿清(kiyo)一樣，她是《少爺》的女主角，先生和明治日本，都想回到阿清令人思念的懷抱中……

……你這傢伙，講話太失禮了！

冒失莽撞又得意洋洋，這就是現代青年的氣概。

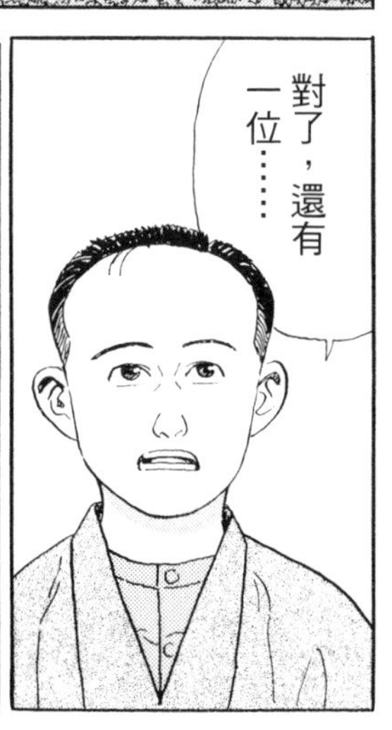
對了，還有一位……

總覺得你今天怪怪的……

先生在明治二十八年到松山中學任教，
……

拋棄高等師範的教職，大老遠跑去鄉下地方教導中學生，

聽說是大塚楠緒子害您失戀，你就自暴自棄……

……瞎說，你又在胡扯了……

石川，你看，

這才是現代日本，

……啊？

這些腳印是要通往什麼地方？

俗氣的過度探究和夜郎自大，都會招來毀滅。

咦？
原來……
是牠叫我來的。
喂，
要跑去哪裡？

2. 森有禮（もり ありのり）：出身於薩摩藩的政治家、教育家，創設一橋大學。受伊藤博文邀請出任首任內閣文部大臣，後於明治22（1889）年大日本帝國憲法頒布大典當天遇刺，翌日身亡。

我那時在高等學校念書，
大家扛著洋槍，一群人列隊向大臣的靈柩告別，

體操老師帶隊，從一橋大老遠地走到竹橋內，在路旁整隊恭候，

我記得那天冷極了……
只能站著不能亂動，腳底簡直凍得發疼啊，

送葬的隊伍總算來了，
肅穆的馬車，還有幾十臺寒愴的人力車從眼前經過，

坐在其中一輛馬車裡的妳，
成了我心中永遠的女性……

妳的身影和
面容烙印在
我心裡……

儘管如
此……
妳怎麼一點也
沒變？和二十一
年前一樣，依
然是十二、三
歲的少女。

是……
我變老了
很多吧。

都滿四十三
歲了。

至於你……
但是，
妳為什麼一點
也沒變呢？
因為喜歡
啊……

喜歡
……？

這副容顏的那一年……
這雙眼眸的那個月……
滿頭秀髮的那一天，都是最喜歡的。

……
二十一年前，
寒冷的那一天，也最喜歡了……

聽到妳這麼說，
我實在太開心了，

那時我就盼望，
以後能和妳那麼美的人共度歲歲月月年年……

從此之後，妳的少女倩影一直留駐在我心裡，
日後不管遇到什麼樣的女人，都忍不住拿來跟妳比較，優柔寡斷的我，落得孤獨至今……

但我還是不明白，
妳看來一點也沒變，我怎麼會老了這麼多？

因為……你的欲望太強了，

……我的欲望？
妳是什麼意思？

你想追求的不是二十一年前的那個瞬間，而是比我更美的人，
活著的這輩子，你總是在憧憬更美的事物，難以自拔，

所以你會老去，
是嗎……妳不是少女，
也不是女人，妳其實是一種……最純粹的美。

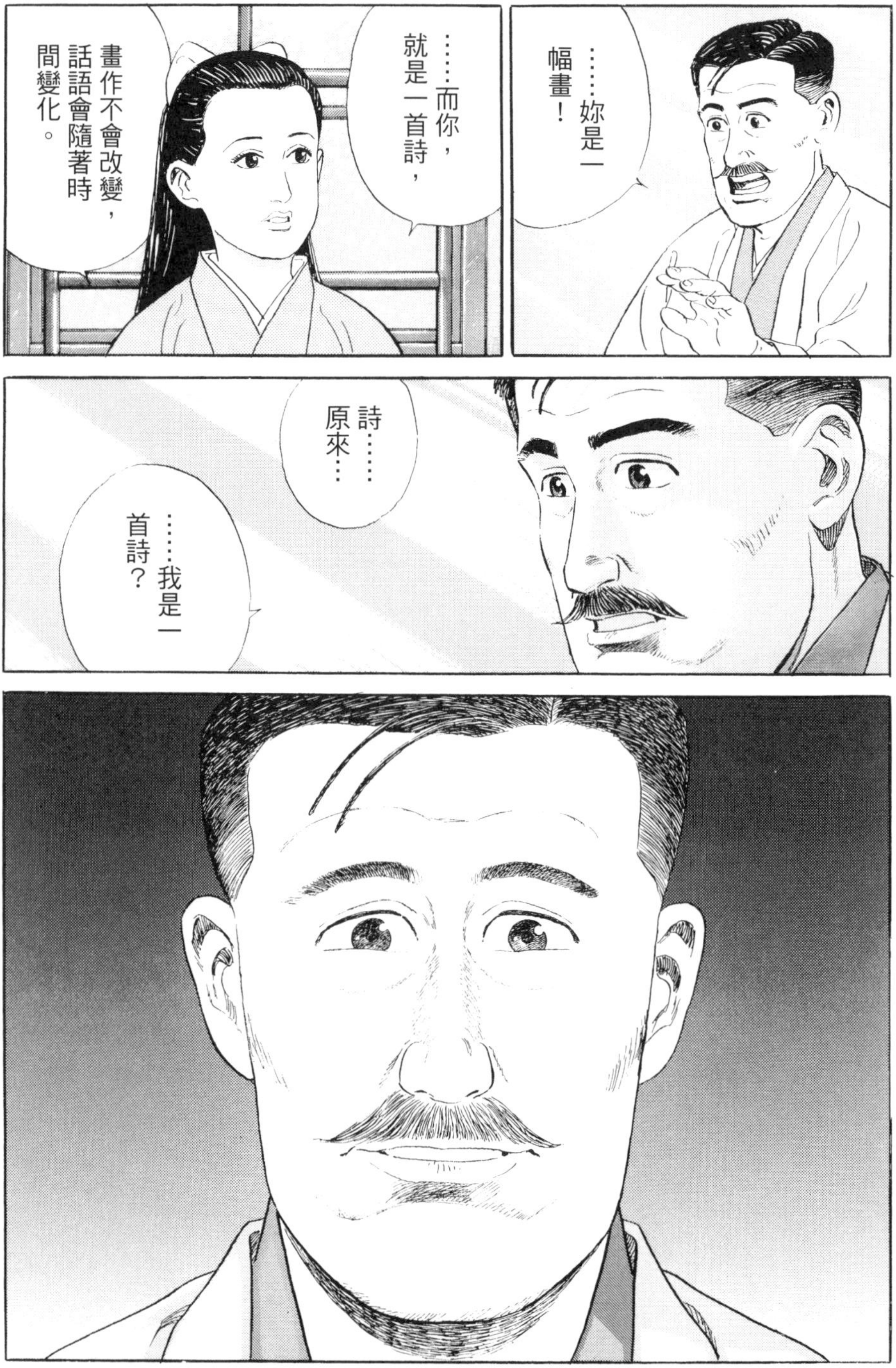

……妳是一幅畫！

……而你，就是一首詩，
畫作不會改變，話語會隨著時間變化。

詩……原來……
……我是一首詩？

第十一章

光年的孤絕

這裡是……
……豬……豪……？
……不對，
……是子規嗎？

咳
咳
咳
咳
咳
果然……
是子規……
好痛，
才咳嗽一下，就犯
腰疼，背也在痛。
……看不到我？
朋友都好薄情……
唉，真想吃點好吃的。
喂！
怎麼了？
啊！

1.　道灌山：位於東京荒川區西日暮里的高地，相傳是室町武將太田道灌築城的遺跡。

以前我老是要你學我這樣，是我錯了，
從今天起，我死心了，不再像以前那樣強求你當我的後繼人，所以今後你我二人沒有任何權利義務關係。
拒絕升哥的好意，我實在於心不忍，但又無法扭曲自己的本性。

咳
咳
咳
咳
咳
子規，我在這裡……
豪豬真可憐，把沒心沒肺的少爺當朋友，
咳
咳
咳
咳
咳
咳
喔，瑪丹娜來了……
咳
咳

正岡先生，不要緊吧？
咳
咳
看來這次很嚴重啊。

不……她是大塚楠緒子小姐。

覺得很難受嗎？

不但難受，還好痛……
很痛嗎？

腰和背痛得快受不了。

寂寞……是指高濱先生的事嗎？
我對他老早就死心了。

好可憐啊……
我是又痛、又寂寞。

那有什麼好寂寞的？

夏目那傢伙自從去了倫敦，怎麼拜託就是不肯寫信給我。
我在這裡……
夏目金之助……先生嗎？
他明明知道我對西洋很好奇，想要親眼瞧瞧，
卻因臥病在床無法出國，這條命也不知道還剩下幾天可活……

被最先進的文明浪潮衝擊，聽說他後來得了神經衰弱症，
怎麼沒有一點音訊呢？
夏目先生本來就很薄情啊。

沒錯，夏目太薄情了。
您記得吧？明治二十八年，他跑去松山中學找了份差事，

理由居然是因為我害他失戀，太過傷心了。

啊……
沒錯、沒錯。

我後來跟他的老友小屋保治成婚，是家裡招贅，
本來以為告一段落了……

嗯。
沒想到……他去年寫了《從此以後》，
書裡暗示他對跟小屋保治結為夫婦的我戀戀不捨，還想搶走我二人一起生活。

……怎麼會有這種事？
呃呃，好痛。
……後來呢？

那個人太輕浮，
我畢竟也是女人啊，被害得心思不寧，

就去夏目家拜訪他了。
……喔？

……然後呢？
沒想到……那個人對我非常冷淡，
我突然就想通了。

我有種預感，自己命不長久了……

夏目先生對我並沒有愛慕之意，不、應該說……他從一開始就對我沒有意思……

總覺得，我被他當成一種美麗事物的象徵，或是某種鄉愁吧？

他一心執著的是可以成為幻想對象的女性，不會去在意特定的人。

咳
我快不行了，

楠緒子小姐，再怎麼說，
要獨自死去真令人心慌，
……

我一直在等夏目回信，等啊等，
老是抱怨快痛死了，這條命反正拖不了太久，倒無所謂。

楠緒子、小姐，

妳死之前，夏目讓妳明白幻想終究只是個幻想，

真是太令人同情了。

所以，
我還沒來得及償還人情，就要結束了嗎？

喂，先生，
原來你在這裡，

患有眼疾的女子若有所思，
多麼優美的身姿啊。
喔，
石川。

你可以……
看得到我嗎？

……可以啊，不過我現在是馬屁精。

啊？馬屁精嗎？
弄錯對象了吧？馬屁精整天都黏著紅襯衫。
所以我一直跟著您啊。

……咦？

其實您才是紅襯衫吧？

……我是紅襯衫嗎……
我有那麼滑稽嗎？

那怎麼能叫滑稽呢？
令人略感生厭的自我孤立，裝腔作勢的現代知識分子做派……不正是紅襯衫嗎？
你真狂妄……

啊，您看那邊……
咦？
什麼？

有貓！

不如養隻貓吧……

喂，貓兒，
過來！

留下這隻貓，又要帶來爭執紛擾，
我這悲哀的家……
乖，真乖。

嘿嘿，
把這句記下來。

與其說您是紅襯衫……
說您是貓，或許比較恰當。

嗚喵~~

……我是貓嗎？

先生您的境遇和那隻貓簡直一模一樣！
貓的境遇？
母親早早就不在身邊了……

本來有許多兄弟姊妹，大家都不知去向了……
……

被書生這兇惡的族類撿走，寄居在教書匠家裡……

嗚喵~~

戀人三毛子早走一步……

咪嗚！

好痛！

痛死了。
車伕家養的阿黑，吹噓捉到了三十隻老鼠……

我才不要去捉老鼠！

蓋平、沙河、
奉天和黑溝臺這些戰場和您無關，
我一輩子都是隻默默無聞的貓！

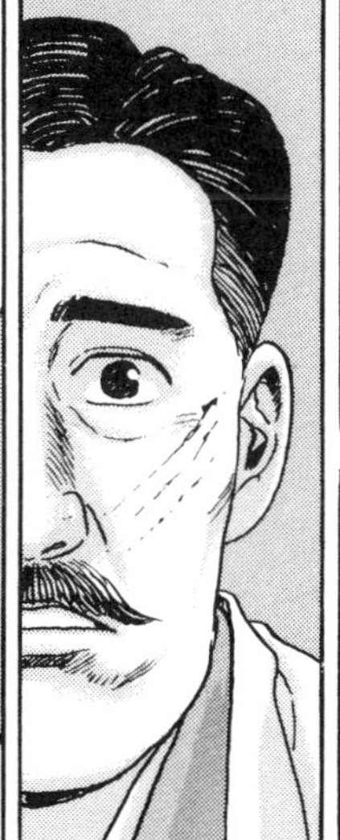

……這麼一來，因為偷喝不能喝的啤酒，最後我會跌進水缸活活淹死嗎……

……多麼遼闊無際……光年的孤絕啊……
這份縹緲而寂寥的祥和之感……

脈搏太微弱
強心針也沒有效果
什麼……？
讓孩子們來見最後一面吧？
……是你嗎？
竟然是你在說話？

才不要見孩子最後一面！

第十二章 秋天白露

脈搏太微弱……
強心針也沒有效果……說不定沒希望了，
讓孩子們來見最後一面吧？

恐怕撐不到天亮了。
還是請夫人把孩子都叫來吧，怎麼樣？
是。

我沒事的。
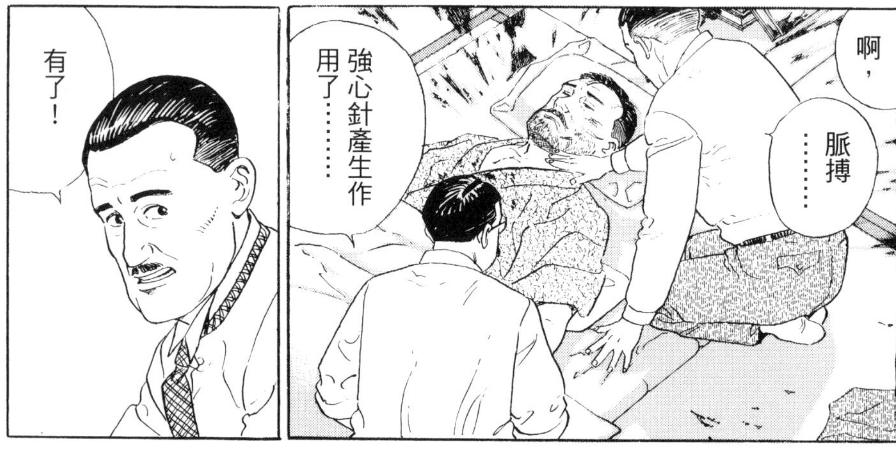
啊，
脈搏………
強心針產生作用了………
有了！

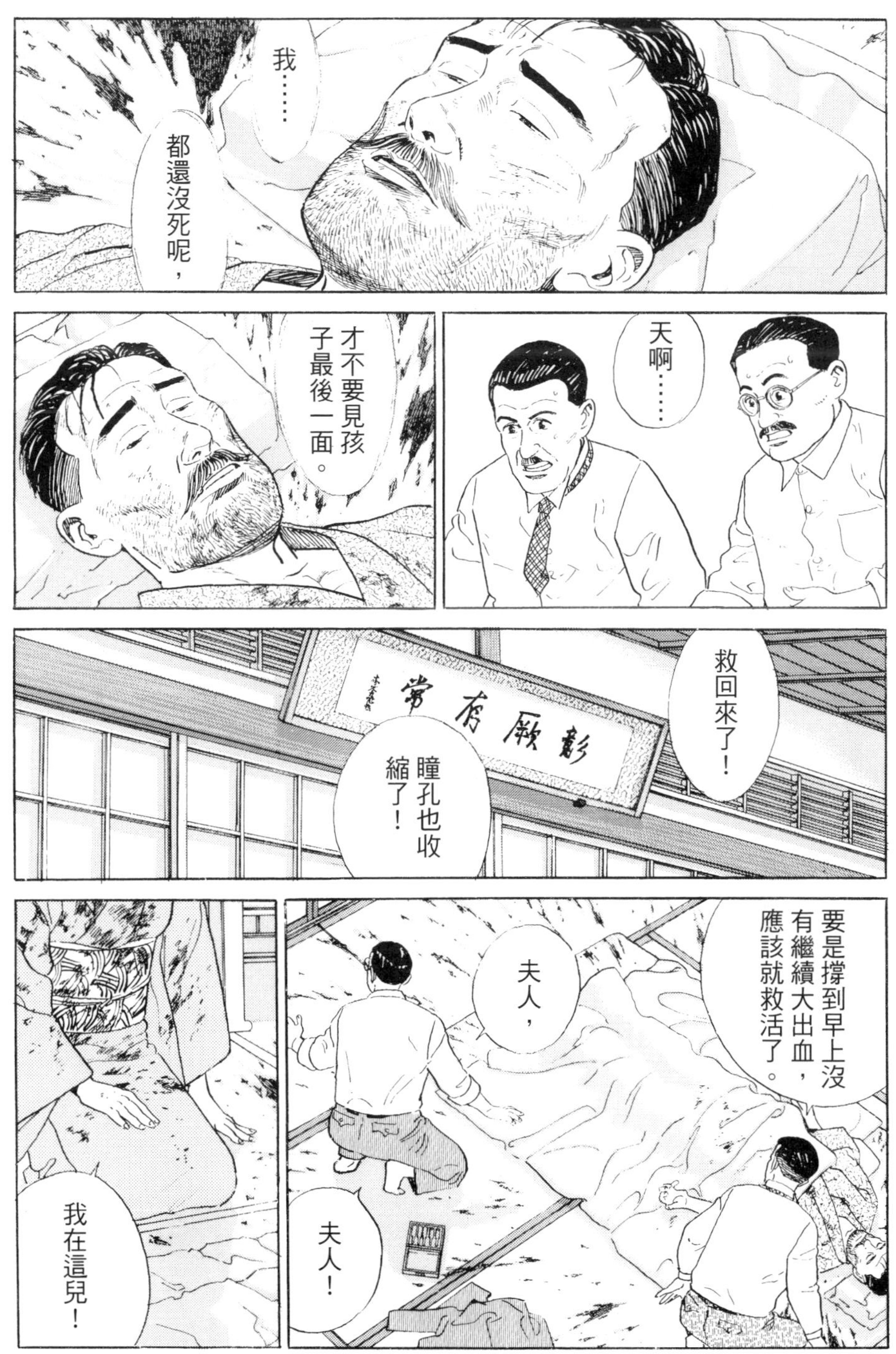
我……
都還沒死呢，
天啊……
才不要見孩子最後一面。
救回來了！
瞳孔也收縮了！
要是撐到早上沒有繼續大出血，應該就救活了。
夫人，
夫人！
我在這兒！

……
情況怎麼樣？
夏目的意識恢復了。
咦！
才剛剛發出病危的電報。
但還有希望，
從死亡的世界，慢慢掙扎到活著的這邊來了……
病危是事實沒錯，
今晚和明天是關鍵。

1. 安部能成（あべ よししげ）：出身於愛媛縣，畢業於東京帝大，日本的政治家、教育家，夏目漱石門生。
2. 小宮豐隆（こみや とよたか）：出身於福岡縣，東北帝國大學名譽教授、文學評論家，夏目漱石門生，在他死後致力於編纂《漱石全集》。

3. 鈴木三重吉（すずき みえきち）：出身於廣島縣，東京帝大畢業，日本的兒童文學家、小說家，夏目漱石門生。

昨晚病危……
不如說，老師已經死過一次了。
死過了？
沒錯……大約三十分鐘，
在那段時間，老師的確是不在人世了。

病狀的預後呢？
目前還不明朗……
乾脆趕緊把人接回東京吧？
遲早要回到長與腸胃醫院住院的，
但現在的狀況還不能移動。
嗯，
接下來該怎麼辦？
醫生說，順利恢復的話，得要一個月到一個半月……
這麼嚴重……
我聽過用腦過度會傷胃，沒想到創作的辛勞竟然……
害他吐了八百公克鮮血……
不只是長谷川二葉亭，漱石先生也弄得瀕死，我對自己的無能深感可恥。
……
森田，
先生他的責任感很強。

他堅決不肯仕官，以個人身分立足在世上，為了這個覺悟，
來到東京朝日任職，他深怕別人會說三道四，要求報社簽下鉅細靡遺的合約，
這就是夏目先生的生存之道，

不逢迎拍馬，不依附權勢，多麼不容易啊。

沒想到他是如此憂心操勞……
森田，
是的。

你替我轉告夏目先生，
請他放寬心，務必好好養病，
好的。

家中的經濟和照顧家人，
請交給東京朝日的池邊一力承擔。

漱石堅忍地支撐，生命力好比纏繞全身骨頭的血管，用鮮紅的血液為好不容易重生的細胞供給養分。

……人……不如空，
……語……不如默……。

唰
唰
坂元雪鳥去哪兒了？
他說下週會過來。
所以下週我還得待在這裡？
有可能……
松根東洋城呢？
他要陪伴北白川宮，一直無法告假。
成了名符其實的宮裡人……

老師，您這傷痕是？
喔，貓抓的……
啊？
……有貓？
就是……我家那隻黑貓抓的。
真是隻壞貓。
……
那隻貓不是在前年秋天死了嗎？
您還特地寄送死亡通知……
亂糟糟的，我快煩死了……
這下可惜了……
啊，你刮鬍子了？

年輕時，我有陣子寄宿在小石川傳通院，
廟裡的和尚很會算命。
他說我趕不上雙親臨終……被說中了。
……
唰
唰
他說我的命運就是一路往西，我哈哈大笑，這也說中了。
去了松山……去了熊本，
唰
唰
……還有倫敦，
唰、唰
和尚還對我說，
我要是肯留長鬍子，就能買地蓋房子……
是嗎……

我老婆……可是記得一清二楚，
她想要我買房子，才不願意讓我剃掉鬍鬚。

石川該不會沒來過這裡吧？
石川……？
啄木啊。

說到他，
東京朝日的「朝日歌壇」專欄，前幾天決定由他來擔任評審呢……

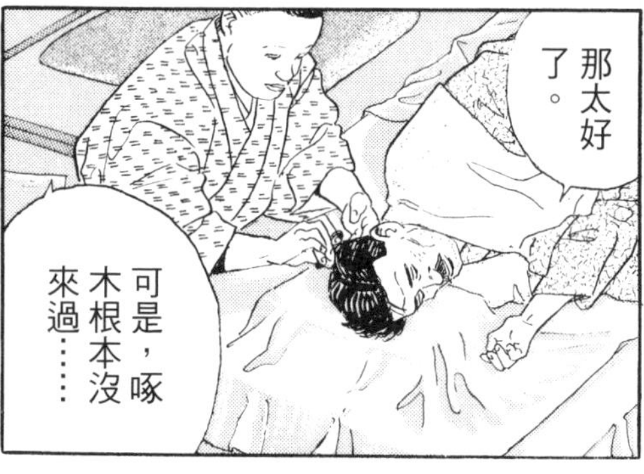
那太好了。
可是，啄木根本沒來過……

免了……
不久前，我還跟他在一起呢……

要叫他來嗎……？

同一時刻，啄木在東京本鄉弓町的喜之床二樓。

那個，阿一啊……

母親大人的藥費，還有……

……

我也快要生啦……

……接下來，我有朝日歌壇的審查費可以拿。

沙沙
沙沙

無私的老友金田一京助結婚了，妻子討厭他跟啄木來往，兩人日漸疏遠。
除了「朝日歌壇」，啄木還熱衷於校訂二葉亭全集第二卷，忘卻生活本身的困苦。

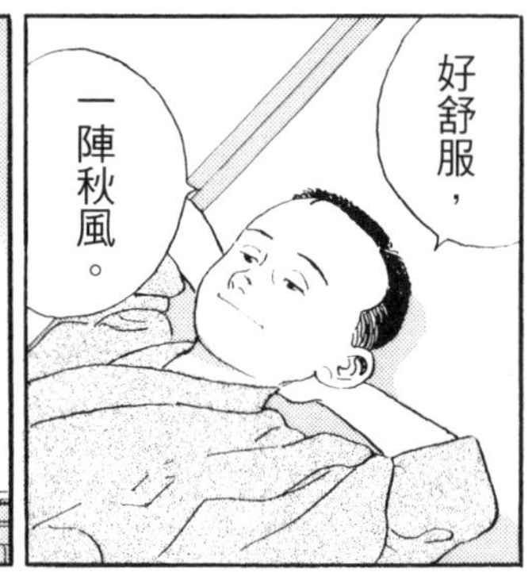
好舒服，
一陣秋風。

……秋風吹起，
憐惜我等明治青年的危機，輕撫過臉頰……

短歌……
脫口而出……手頭卻空空如也。

嘰嘰嘰嘰
……插在土甕的……
芒草葉，修得短短地……碰不著榻榻米……嗎？
總覺得前幾天我才跟子規碰過面……
嘰嘰
嘰嘰。。。。
……真不可思議。

4. 當時的重量單位，明治時代一貫等於一千匁，相當於 3.75 公斤。

……那麼，
當時是體驗到了
死後的世界了？
他該不會以為
那是這世上實
際發生的事
吧……
怎麼可能……
應該只是垂死
邊緣的一場夢
吧？
抓傷……
可是臉上有
抓傷……
……
……
聽說是被另一
個世界的貓抓
了一把。
太荒謬了……
怎麼說也不
至於……
嘩嘩嘩……
嘩嘩嘩……

5. 漱石在修善寺病中所作的漢詩，全詩如下：「遺卻新詩無處尋，嗒然隔牖對遙林。斜陽滿徑照僧遠，黃葉一村藏寺深。懸偈壁間焚佛意，見雲天上抱琴心。人間至樂江湖老，犬吠雞鳴共好音。」

第十三章 蒼穹無疆

あるほどの菊抛げ入れよ棺の中　漱石

＊朝向棺木盡情拋擲所有菊花　漱石

明治四十三年十月十一日新橋火車站
先生，

先生，
夏目先生！

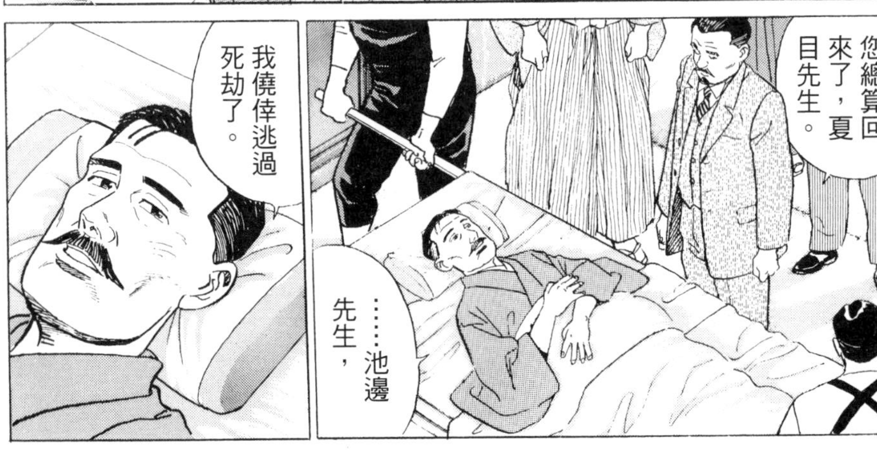
您總算回來了，夏目先生。
……池邊先生，
我僥倖逃過死劫了。

內幸町　長與腸胃病院
呼嚕嚕
呼——
真好吃……
腸裡……
春露滴落……粥之味。
「荻草、桔梗、女郎花，然後白菊和黄菊相繼綻放，入秋一月餘，病體有所復甦，皮膚再次現出血色，我又回到這長與胃腸醫院來了。」

「才屆滿不惑之齡，僥倖從垂死邊緣得救，我依然不明白自己究竟能活到何時。」
「從永恆延續的宇宙歷史看來，吾等凡人的命運所占的長度，不過是貪求瞬間的苟活……」
「……與其說生命無常，一切根本是機遇偶然，應該如此評價才算恰當。」

京橋瀧山町　東京朝日新聞編輯室
朝日
明治四十三年十一月
無政府黨員公審
幸德秋水等二十六名
法第七十三條辦理
交由大審院舉行公審
本日各被告准許
發信回鄉聯絡家人
啊，松崎先生，
那個……所謂的按刑法七十三條……
嗯……
意思是他們不是被判死刑，就是無罪嗎？
是的，
不可能無罪的……我看政府那些人搞不好想把二十六名被告全部處死。
全部判死刑？
……太亂來了吧。

十月十三日
白菊、黃菊……
秋日轉瞬消逝……
對了，聽說大塚楠緒子女士過世了，
這個月九日……
早上來探病的松根東洋城跟我說了，
……前陣子明明還好端端的。
咦？
她臥病在床都一年多了。
……在修善寺病發之前，
我在病床上讀了威廉·詹姆斯的《多元的宇宙》。

我浮遊於生死邊緣時，詹姆斯這位仁兄，
聽說在遙遠的他鄉過世了。
是嗎……

吾命之根還緊咬著這世界的土壤不肯放手，九月初……

就像露水從秋草的葉尖滴落似的，長與腸胃病院的彌吉院長也死了，

森成醫生那時急著想趕回東京，是因為接到院長病危的電報……
我就罷了，連內人也有沒意識到……院長沒多久就病逝了，我卻從死境中獲救……一切都是奇緣。

我確實死過一次，
在那地方遇見克萊格老師和楠緒子小姐，
也看到鷗外在跟某個熟識的白人女子談話，
和被當成大逆犯的大石誠之助會面，看到了二葉亭，還跟一葉女士和赫恩擦身而過。

兩邊完全沒有任何交集，

在那個世界沒有實體的人生，讓我留下非常深刻的回憶，

甚至覺得自己成了幽靈，可能是我想當個幽靈吧？

最後卻沒有當成，

老師，
您振作點！

……朝向棺木……盡情拋擲所有菊花。

老師……

草平，
我無法去楠緒子的葬禮追悼，這句詩幫我和奠儀一起送過去。
是的……

明治四十三年十一月二十九日　白瀨矗中尉等二十八人，出發前往南極探險。

轟
轟
轟
轟

那艘船要去很遠很遠的地方嗎？
是啊，茉莉，日本人必須前往遠方，

除此之外，沒有別的活路可走。

咦？
夏目先生……

啊……
森先生。

前一陣子你寄送慰問品來修善寺，還派遣軍醫過來，
真不知道該怎麼感謝你才好。
哪裡。

叔叔的臉好白，怎麼跟幽靈一樣？

我啊……
其實是再次入院以後第一次溜出來散步……

順道看看要出發的白瀨探險隊……
是啊，對了，
這次探險是東京朝日贊助的吧。

你看來比想像中有精神，我放心多了，

我拜讀您的大作，忍不住「技癢」了起來，
對國家今後該何去何從，我更深感不安，

自從就任軍醫總監，感覺森先生的創作欲愈來愈旺盛了。

……
開始想要把腦海裡的妄想寫在紙上了。

是支那水仙啊。

叔叔，這個給你！
喔？

轟隆
轟隆
轟隆

圍繞吾等青年的空氣，現在停滯不動了，

強權的勢力在國內早已無所不及，

處女歌集《一握之砂》在十二月一日出版，預支來的微薄版稅都花在葬禮上。
明治四十三年十二月十九日，啄木值完夜班後，一個人來到戶山草原。
沙沙
沙沙
時代閉塞的現狀依然，
我等當中最為激進之輩，還能在哪方面主張「自我」？
就算拋擲自身，也要打破閉塞的恐怖主義者……
我能理解他們的心情。
滑溜
啊！

那天，德川好敏上尉駕駛亨利・法爾曼（Henri Farman）雙翼機，完成日本人的首次飛行。

明治四十三年十二月十日起，幸德秋水等人的大審院祕密審判連日進行，十二月十九日舉行第七回後，在短短十天內，本案就宣布審結。
看吧，今天也……
德川的飛機來到高度七十公尺、時速一百九十公里，雖然只飛了短短五十七秒，在啄木眼中，卻是一場無限寬廣而遼闊的飛行。
嗡嗡嗡嗡嗡
……今天也看啊，
在那片蒼空，
飛機高高地飛翔著……

〈飛機〉這首詩，啄木添上翌日明治四十四年六月二十七日這個日期，收錄在手寫詩集《哨子與口哨》裡，
——啄木二十五年餘的生涯中，這是他寫的最後一首詩。

第十四章 煢然而獨老

東京朝日新聞社
本來是
嚴禁帶出來的。
我欠你一份
人情！
要是傳出
去，
我的律師
執照就沒了。
律師兼歌人　平出修
明後天早上要
還給我。
絕對不能在辦
公室看。
我發誓。

幸德傳次郎 答辯書
明治四十四年
一月三日
東京朝日新聞社
啄木向「刑法第七十三條事件」的辯護律師，也是《昴》雜誌的文壇友人平出修借閱幸德秋水的答辯書，當晚開始動筆抄錄。
然而……

幸德管野大石等
二十四名處以死刑
僅兩名獲判有期徒刑

一月十八日，大審院對幸德秋水、管野須賀子、新村忠雄、宮下太吉等二十四名被告做出死刑判決。

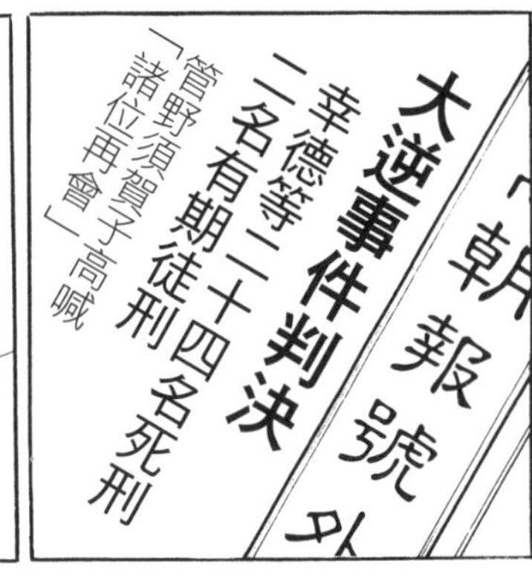
「朝報號外
大逆事件判決
幸德等二十四名死刑
二名有期徒刑
管野須賀子高喊
「諸位再會」

本報記者表示，判決下達後，
出庭順序排第一的管野須賀子先起身，她拿起遮面的草笠……

諸位，
就此再會了。

……再見了。
無政府主義萬歲。
無政府主義萬歲！

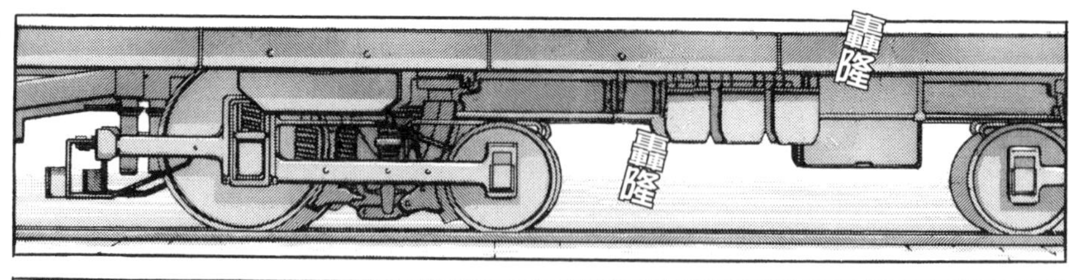
轟隆
轟隆

權力，
對反抗者是毫不留情的。

本鄉三丁目

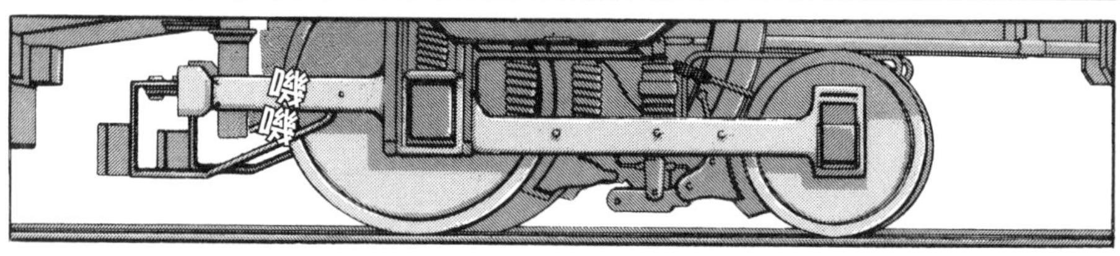
噗噗

唔——
總覺得肚子鼓鼓脹脹的。
第五版
特赦 死刑判決 十二名
二十四名犯人當中
獲無期徒刑減刑
我明明沒吃多少東西。
判決後，大審院在隔天一月十九日發布特赦，把二十四名中的十二名減為無期徒刑。
這不過是政府對世間展示溫情的儀式。

相撲力士對峙不動，二人互不相讓，
站在土俵正中間的他們，看似格外平靜，

老師……
然而在心中，
卻在不到一分鐘之內有了幾波攻防，汗水潸然滑落。

先生，關於這張證書……

二名力士乍看之下毫無動靜，乃是由於力道相剋，短暫地取得平衡，
這就是互殺之和。

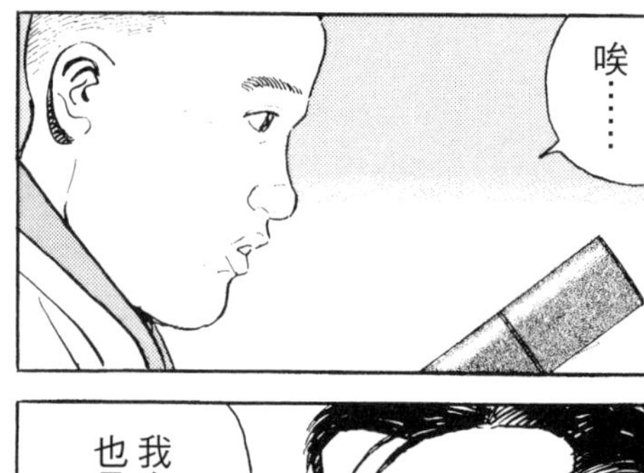
唉……

我自己的生活也是一樣的。

老師，
授予您博士這件事呢……
別人看來，我忙於差事，只求平靜地消磨日子，
實則是為了撫養妻兒，不得不奮力與世間拚搏

流淌著互殺之和的汗水，

柔和的笑臉底下，其實藏著殺伐之氣。

……文部省特地頒發這張證書給您……

不仰賴官吏的權威、不成為組織的一員，
對自立營生的個人來說，自然是公平而冷酷的敵人，
……社會則是不公義，卻有人情味的敵人……

敕令第参百肆拾肆號
學位第貳條ニ基キ

夏目金之助

右之者　文學博士ニ叙ス

文部省　文學博士會

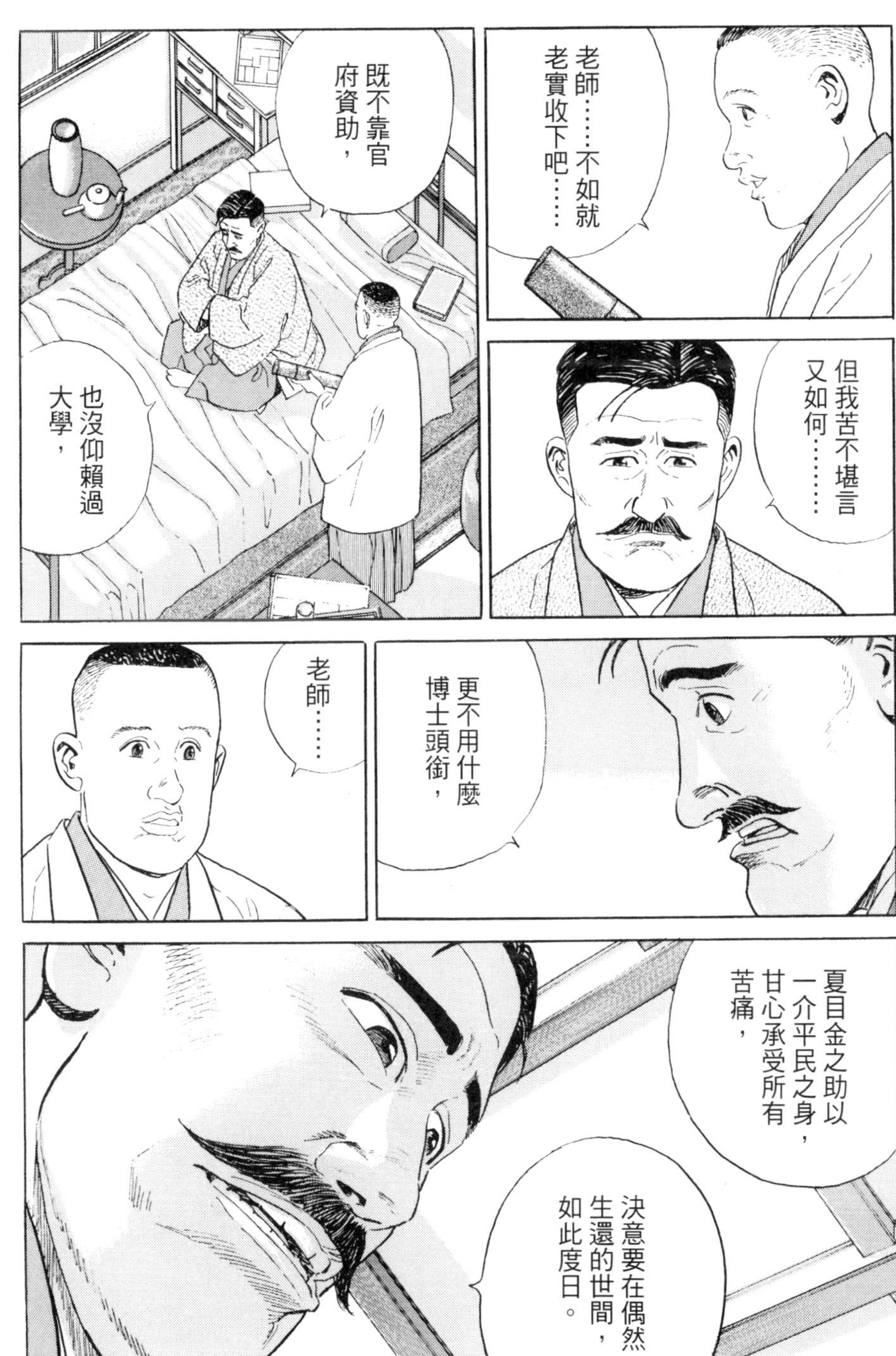
老師……不如就老實收下吧……
既不靠官府資助，
也沒仰賴過大學，
但我苦不堪言又如何……
更不用什麼博士頭銜，
老師……
夏目金之助以一介平民之身，甘心承受所有苦痛，
決意要在偶然生還的世間，如此度日。

森田！這張學位令，馬上給我退回去。

第十五章

明治終焉

沙
沙
沙

朝日新聞社
呼
呼

什麼鬼天氣？

怎麼比釧路還要冷啊。
拍
拍

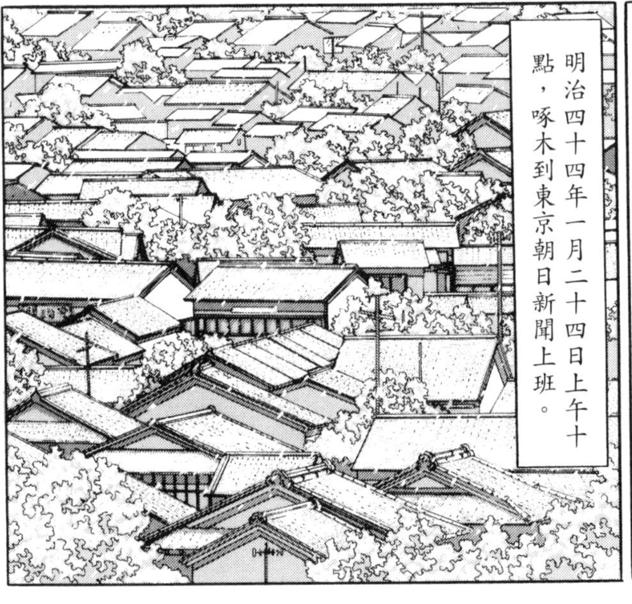
明治四十四年一月二十四日上午十點，啄木到東京朝日新聞上班。

當天同一時刻——市谷監獄
幸德先生，
幸德秋水
您的時候到了。
我就快寫完了……
很遺憾……
……你們就不能多等一會兒嗎？

下達判決才不過短短六天。

呼呼……

大石誠之助
好久沒抽菸，頭暈了。

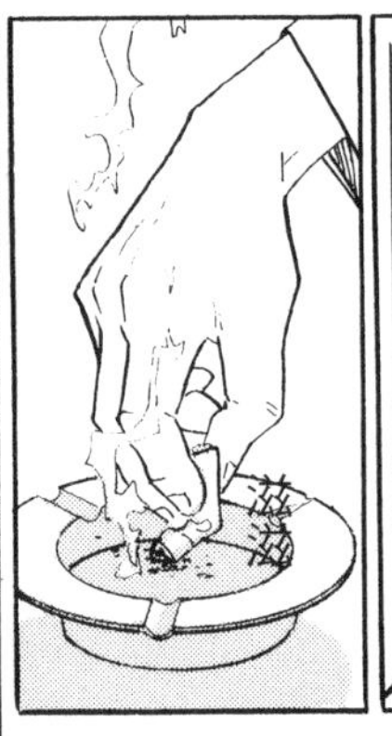

好，
我們走吧。

這天從大清早就開始執行死刑。

新村忠雄
站在自己的祭壇前面，感覺還真詭異。
啪躂
啪躂
宮下太吉

石川。

喔，
池邊主筆。

辛苦了，聽說你把二葉亭全集的第二卷校訂完了。

太感謝您了！
「朝日歌壇」也受到好評，
編選的眼光獨到，我很佩服。

謝謝。
怪了，你這肚子……

長胖了嗎？

是啊，
年底胖了一點……

我覺得腹中滿是幹勁啊。

這其實是肺結核造成的腹膜炎。

喀啦

主筆！

在歐美各國大肆反對之前，
政府急忙把犯人都處死，簡直像是做壞事不想被別人看到似的。

日本……沒救了。

一月二十四日這天共計處死十一個人，天色已晚，管野須賀子的死刑延到隔日執行。

那個……你要出院的日子……
我找人算過命，二月二十六日這天很吉利……
你有在聽嗎？
來喝點啤酒……
乾脆喝個大醉……

啊？
像貓兒那樣，
跌進水缸裡，
……淹死算了。
在瞎說些什麼呀……
你這人到底是怎麼搞的，病情總算好轉，心情怎麼愈來愈差了？
算命說留鬍鬚才可以買房子，偏要剃得乾乾淨淨，
大人賞了張博士證書，你硬是要退回去……老是一副在做夢的樣子……

1. 吉川守圀（よしかわ もりくに）：明治至昭和初期的社會運動家，平民社成員，明治 39 年參與日本社會黨的創設，後因抗議東京市內電車漲價運動而被捕入獄。

明治四十四年四月十三日，漱石沿著落櫻如雪的神田川散步。
只做自己喜歡的事……
低調而渺小……
呼……
就這樣無所事事地度日吧？

啄木最後在帝大醫院抽
出了兩升腹水，
一年後的今天，
他過世了。

死者都逝去了，
活著的人繼續活著。
鷗外還有大約十一年的
壽命。
妄想（二）
鷗外
西洋人不會懼怕死亡，

日本列島的時間，和櫻花花瓣
一起靜靜地消逝了。

距離明治天皇駕崩，還有一年三個月左右。

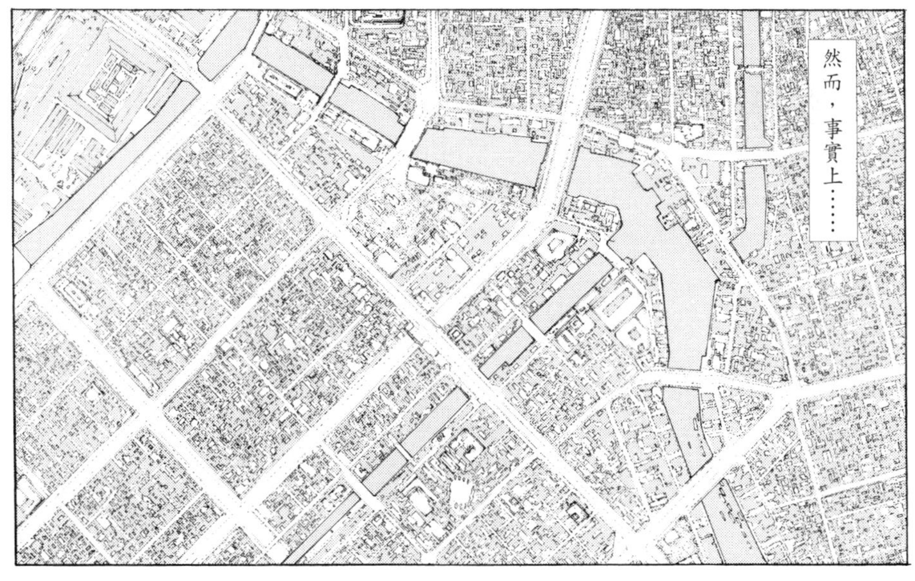

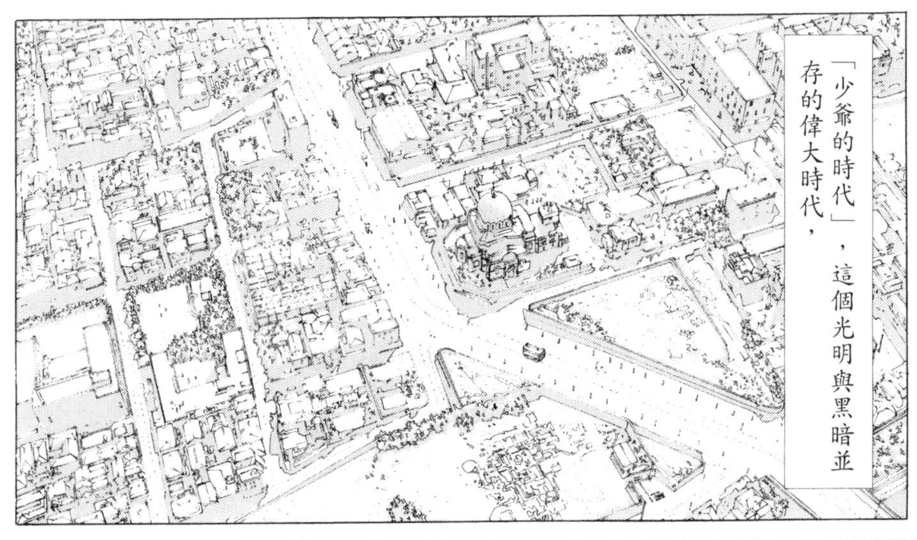
「少爺的時代」，這個光明與黑暗並
存的偉大時代，

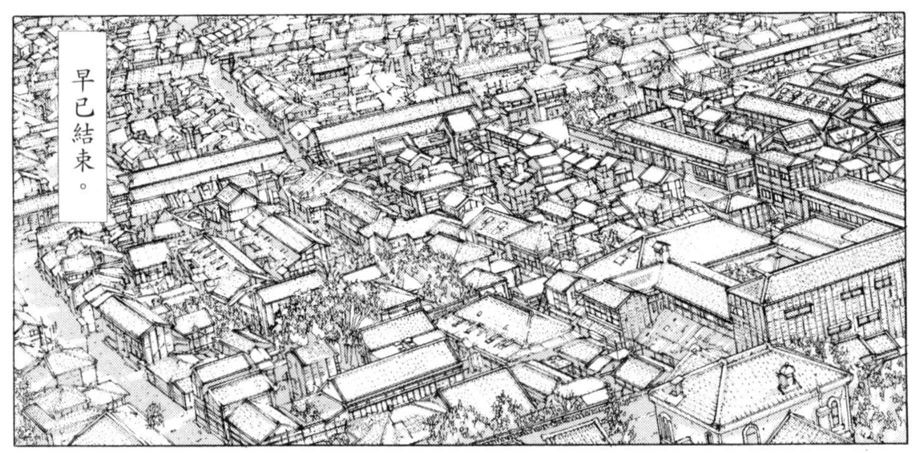
早已結束。

近代日本的青春，伴隨
著沉重的齒輪轟鳴，

從此一去不復返了。
噗嗤
咦？是你！
唔，

喵嗚——

颯 颯

果然沒錯，
你還活著呢。

大正五年十二月九日晚間七時許，夏目漱石這次真的死了。

在凜冽的近代中，活得多采多姿的明治人

＊西元 1916 年

完

《「少爺」的時代》完結篇

「少爺」的時代系列全五卷，在《悶悶不樂的漱石》這一卷劃上句點。

一九八五年時，舊識的編輯希望我構思一部長篇漫畫，我便以夏目漱石創作小說《少爺》的過程為中心，來描寫明治末年的日本及當時的思想樣貌。由於漫畫在當時是最切合時代的表現方式，讓人覺得非常有嘗試的價值。

此後十二年，我與畏友谷口治郎共同創作這一系列作品，對我和大我兩歲的谷口來說，這段時間等於是二人生命中三十歲後半到四十多歲的全部了，也碰上了泡沫經濟的膨脹和崩落，日本社會的其他方面在這段時期發生一連串現象，讓人連想崩壞正在靜靜地發生。現在整套作品大功告成了，要說沒有感慨，是不可能的。

一言以蔽之，五卷作品的主題乃是近代歷史的轉捩點。

明治這個時代，先是湧現出必須急速推動西歐化的衝動，防衛性的民族主義和民族國家緊接著倉促成形，在如此濃重的氛圍下，青年們因為舊時代的道德和新時代的思想無法整合而苦惱不已，隨著世界情勢而波動的經濟和它所帶來的消費生活，更大大動搖了人們的生活模式，國家的自我和國民的自我在日俄戰爭期間重疊到了極致，在不久後又分道揚鑣，在國家與國民的夾縫間，更有人成為不幸的犧牲者。儘管如此，人們依然背負著難以替代的悲歡離合，各自的生活依然毫不停息地持續運轉，這或者該說是極其理所當然的吧。

明治時代同時擁有光榮與黑暗的一面，也是現代的原點。為了設計明治時代的造型，必須先設定每段故事的主角，這些距離我們愈來愈遙遠的文人，他們的名字在百年後依然未曾被遺忘，他們是夏目漱石（第一卷《「少爺」的時代》）、森鷗外（第二卷《秋之舞姬》）、石川啄木（第三卷《蒼空之下》）、幸德秋水（第四卷《明治流星雨》），然後再回到漱石（第五卷《悶悶不樂的漱石》）。除了鷗外的故事，我認為日俄戰爭之後的幾年正是近代日本的轉捩點，因此選擇明治三十九年到四十三年間做為時空舞臺，至此之後的日本，便壯大而沉重地踏上通向一九四五年的那條軌道上了。

在此我也對本作品的創作方式稍微做些記錄。

這部漫畫是谷口治郎和關川夏央的共同著作，我們二人分擔的工作內容不同，並沒有任何主從的區別，具體情形如下：

首先，由敝人關川大致構想整體的內容，也就是所謂的企畫，然後寫下每一集較為詳盡、類似電影所使用的劇本，再由谷口來構思並進行作畫。在這個階段，谷口不會變更腳本設定或對白，因此一般所稱的「原作」在這樣的分工下並不適用；我擔任的工作比較類似編劇，如果是在拍電影的話，谷口的工作等於是攝影師兼導演，角色形象也是由他來設計，等於還擔綱了選角工作。

作畫完成後，由我來調整角色的對話和旁白（亦即漫畫用語中的分鏡稿），若是對話和畫面不搭配，就必須進行對話的修正。因為每一卷作品都在雜誌《週刊漫畫 ACTION》上連載，為了製作單行本，還是必須要再校樣一次，除了修改文字，也會刪除不必要的畫面和頁數，或是添加新的插圖，以電影來說就是後製剪接了。

谷口和關川結識於一九七七年，那時谷口二十九歲，關川則是二十七歲，此後雖然有所間斷，依舊按照上述方式持續合作，儘管現在我們二人追尋的目標有所分歧，共同著作的作品中也只剩下幽默讀物《事件屋稼業》尚未完結，畢竟多了二十年的歲月積累，主角這位和我們年齡相仿的偵探轉眼也快五十歲了。創作《「少爺」的時代》的十二年，或者該說是我和谷口通力合作的這二十年，應該能看出故事的質感和色調有所變遷，到底是日漸成熟抑或趨於老化呢？這就留給諸位讀者判斷了。

《「少爺」的時代》系列作品仰賴了鈴木明夫、秋山龍太郎、阿部寛及川添謙次這些歷任的責任編輯，至於單行本的發行，從第一集到最後一集都承蒙諸角裕和佐藤後行兩位的鼎力相助，書籍裝幀則一貫勞煩日下潤一負責，在構想和執筆時，當然從先進的優秀成果中學習到大量寶貴的經驗，本系列參照的資料與作品種類與數量實在過於龐大，恕無法一一備載，在此謹容我致上最深的謝意。

一九九七年六月　關川夏央

《「少爺」的時代》新裝版後記

往事茫茫

將近三十年的歲月過去了。

我沒看到編輯和作家約在神樂坂的咖啡廳碰面，甚至連店家也快絕種了，現在坂道上來來往往的行人早就換了模樣，我經常光顧的酒吧歇業了，獨居的媽媽桑最後一個人過世了，從滿州國回來的她，以前可是個大美人呢。

至於我的責任編輯，他在延長一次退休年限後期滿退職了，不但養育孩子長大成人，也照顧雙親到臨終。有位編輯禿到連頭皮都一覽無遺了，他曾開心地對我說，接下來就能天天逛高爾夫用品店啦。

不只是他，開始創作這個故事時，我和谷口治郎才三十多歲，現在卻不太想要主動提起自己的年齡，我有了前列腺肥大的毛病，腰和膝蓋也痛得很。

走在神樂坂，我閃過一個念頭。

漱石、鷗外和啄木都曾在這段坡道上漫步，我和編輯們也是如此，只是此刻大家都去了別的地方。坡道變了，東京也改變了，往事茫茫的感受更深了。

我們的安慰就是《「少爺」的時代》這套作品尚未年華老去，還推出了「新裝版」，只要在世界各國的讀者漸漸增多，作品就不會老化了吧？我像是不關己事般地兀自欣喜著，作品這東西，本來就應該要比作者們更長命才對。

本作品的相關人士現在大部分都引退了，谷口治郎和我依舊爬上這段坡道，也還留在第一線工作上，畢竟我們不是什麼上班族，這到底是幸還是不幸呢？或許再怎麼深究也無法得到答案吧。

二〇一四年九月　關川夏央

雜誌連載

WEEKLY 漫畫 ACTION　一九九六年四月九日～一九九七年十一月五日

關川夏央（SEKIKAWA NATSUO）

一九四九年生於日本新潟縣，作家。主要著作包括：《跨越海峽的全壘打》（講談社紀實文學獎）、《首爾的練習題》、《光明的昭和時代》（講談社散文獎）、《家族的昭和》、《二葉亭四迷的明治四十一年》等書，為表揚其成就，於二○一○年獲頒司馬遼太郎獎。

谷口治郎（TANIGUCHI JIRO）

一九四七年生於日本鳥取縣，漫畫家。一九七二年以《暗啞的房間》出道，《遙遠的聲響》入選 BIG COMIC 漫畫獎佳作，並以《養狗》獲得第三十七屆小學館漫畫獎。共著則有《蠟嘴雀》（原作：墨比斯）、《神之山嶺》（原作：夢枕獏）、《事件屋稼業》（原作：關川夏央）等多部漫畫作品。二○一○年《遙遠的小鎮》在法國、比利時、盧森堡及德國的共同製作下，改拍真人電影版。

譯者簡介　劉蕙菁

臺灣彰化人，名古屋大學碩士。近期譯有《貴子永遠》、《計程車司機的祕密京都》及《從落難考生到影帝：大泉洋的十六年青春饒舌物語》等書。

悶悶不樂的漱石：「少爺」的時代 第五卷

新装版『坊っちゃん』の時代　第五部　不機嫌亭漱石

作者｜**關川夏央、谷口治郎（関川夏央・谷口ジロー）**
譯者｜**劉蕙菁**
執行長｜**陳蕙慧**
總編輯｜**張惠菁**
責任編輯｜**盛浩偉、夏君佩**
行銷｜**陳雅雯、尹子麟、余一霞**
日文顧問｜**李佳翰**
設計｜**陳永忻**
內文排版｜**黃雅藍**
社長｜**郭重興**
發行人｜**曾大福**
出版｜**衛城出版／遠足文化事業股份有限公司**
發行｜**遠足文化事業股份有限公司**
地址｜**23141 新北市新店區民權路 108-2 號九樓**
電話｜02-22181417
傳真｜02-22188057
客服專線｜0800-221029
法律顧問｜**華洋法律事務所 蘇文生律師**
製版｜**瑞豐電腦製版印刷股份有限公司**
初版一刷｜二〇一八年四月三十日
初版六刷｜二〇二三年四月二十一日
定價｜三五〇元

本作品：新装版『坊っちゃん』の時代　第五部　不機嫌亭漱石
NEW EDITION -「BOCCHAN」NO JIDAI V FUKIGENTEI SOSEKI

First published in Japan in 2014 by Futabasha Publishers Ltd., Tokyo.
This Traditional Chinese language edition is published by Acropolis, an imprint of Walkers Cultural, under licence from Futabasha Publishers Ltd.

出版單位：衛城出版

悶悶不樂的漱石：「少爺」的時代．第五卷 / 關川夏央，谷口治郎著；劉蕙菁譯

ISBN 978-986-96048-6-4（平裝）
NT$：350

填寫本書線上回函

ACROPOLIS 衛城出版
Email acropolis@bookrep.com.tw
Blog www.acropolis.pixnet.net/blog
Facebook www.facebook.com/acropolispublish

● 親愛的讀者你好，非常感謝你購買衛城出版品。
我們非常需要你的意見，請於回函中告訴我們你對此書的意見，
我們會針對你的意見加強改進。

若不方便郵寄回函，歡迎傳真回函給我們。傳真電話 —— 02-2218-1142

或上網搜尋「衛城出版 FACEBOOK」
http://www.facebook.com/acropolispublish

● 讀者資料

你的性別是 □ 男性 □ 女性 □ 其他

你的職業是 ______________ 你的最高學歷是 ______________

年齡 □ 20 歲以下 □ 21-30 歲 □ 31-40 歲 □ 41-50 歲 □ 51-60 歲 □ 61 歲以上

若你願意留下 e-mail，我們將優先寄送 ______________ 衛城出版相關活動訊息與優惠活動

● 購書資料

● 請問你是從哪裡得知本書出版訊息？（可複選）
□ 實體書店 □ 網路書店 □ 報紙 □ 電視 □ 網路 □ 廣播 □ 雜誌 □ 朋友介紹
□ 參加講座活動 □ 其他 __________

● 是在哪裡購買的呢？（單選）
□ 實體連鎖書店 □ 網路書店 □ 獨立書店 □ 傳統書店 □ 團購 □ 其他 __________

● 讓你燃起購買慾的主要原因是？（可複選）
□ 對此類主題感興趣 □ 參加講座後，覺得好像不賴
□ 覺得書籍設計好美，看起來好有質感！ □ 價格優惠吸引我
□ 議題好熱，好像很多人都在看，我也想知道裡面在寫什麼 □ 其實我沒有買書啦！這是送（借）的
□ 其他 __________

● 如果你覺得這本書還不錯，那它的優點是？（可複選）
□ 內容主題具參考價值 □ 文筆流暢 □ 書籍整體設計優美 □ 價格實在 □ 其他 __________

● 如果你覺得這本書讓你好失望，請務必告訴我們它的缺點（可複選）
□ 內容與想像中不符 □ 文筆不流暢 □ 印刷品質差 □ 版面設計影響閱讀 □ 價格偏高 □ 其他 __________

● 大都經由哪些管道得到書籍出版訊息？（可複選）
□ 實體書店 □ 網路書店 □ 報紙 □ 電視 □ 網路 □ 廣播 □ 親友介紹 □ 圖書館 □ 其他 ______

● 習慣購書的地方是？（可複選）
□ 實體連鎖書店 □ 網路書店 □ 獨立書店 □ 傳統書店 □ 學校團購 □ 其他 __________

● 如果你發現書中錯字或是內文有任何需要改進之處，請不吝給我們指教，我們將於再版時更正錯誤

____

____

____

____

____

請

沿

虛

線

剪

下

廣告回信
板橋郵政登記證
板橋廣字第1139號

免貼郵票

23141
新北市新店區民權路108-2號9樓

衛城出版 收

● 請沿虛線對折裝訂後寄回，謝謝！

ACRO
POLIS 衛城出版